ラルーナ文庫

JN105150

発情したくないオメガと
異界の神官王

墨谷佐和

三交社

CONTENTS

Illustration

北沢きょう

発情したくないオメガと異界の神官王

本作品はフィクションです。
実際の人物・団体・事件などにはいっさい関係ありません。

プロローグ

あれ？　ここどこだっけ？

小学校一年生の愛翔《あいと》は、ぐるっと周りを見渡した。

重いランドセルの中味が愛翔と一緒にぐるんと回る。ランドセルの重みでよろけた足を踏ん張って、愛翔は改めて自分のいる場所を確かめようとした。商店街をぶらぶらと歩いて気がつくと、愛翔の前にプラタナスの並木道が続いていたのだ。

こんな道、あったっけ……？

商店街を過ぎて坂道を登ると、素敵な建物や広い庭、かっこいい犬を散歩している人たちを見かける「こうきゅうじゅうたくがい」に出るはずなのに。迷子になったのかな……？

学校帰り「寄り道しないでまっすぐ家に帰りましょう」と先生は言うけれど、愛翔は家に帰りたくなかった。

だって、帰ったって誰《だれ》もいないんだ。お父さんは帰ってきたと思ったらまた出ていっちゃったし、ママハハ（男のオメガ）のジュンさん（こう呼べと言われている）は、朝から「デート」だと言って出てったし、ぼくの家がそんな感じだから、友だちは、「愛ちゃんとこには遊びに行っちゃだめ」って言われている。一度、みんなでゲームしてたら、ジュンさんがお父さんとは違う男の人を連れて帰ってきたからだ。

だから愛翔はいつも、寄り道をして帰ることにしている。途中までは友だちと一緒に帰らなければならないが、そこから家までうんと遠回りをするのだ。

寄り道ルートはいくつかあったが、今日の商店街コースは愛翔の最もお気に入りだった。パン屋さんの前を通れば焼きたてパンのいい匂《にお》い、八百屋さんの店先には鮮やかな野菜たち、お肉屋さんがコロッケを揚げる時間だし、花屋さんの前ではミニひまわりやバラたちが「バイバイ」と言うみたいに、顔をこちらに向けている。愛翔の家にはないものばかりだ。

お父さんがいる時はお店に食べに連れてってくれるけれど、自分は食べない。ジュンさんは夜はデートで忙しいから、ご飯は作っておいてくれる。美味《おい》しいけど、ひとりで食べるのはつまらない。

だから、商店街を歩きながら、買い物しているところを想像するのが好きだった。隣には誰かがいて……誰かはわからないけど誰かがいた。だが今、振り向いても商店街は見えない。なんだかぼやんとしているのだ。

目の前には知らない道。だが、愛翔は怖いと思わなかった。それよりも新しい道を見つけてワクワクしていた。プラタナスの葉が「こっちへおいでよ」とそよいでいる。

「よーし」

愛翔は腕を大きく振って元気に歩き出した。

並木道は、両側とも高く白い壁沿いに続いていた。壁の向こう、工事でもしてるのかなと思いながら歩いていくと、曲がり角が見えた。面白くなって角を曲がる。するとプラタナスはもうなくて、白い壁がずうっと続いているだけ。

舗装されていた道も土の地面になり、壁の下側に沿うようにして、小さな青い花をつけた可愛《かわい》い草が生えている。だから壁に囲われていても怖くなかった。すると、また曲がり角に行き当たった。

(迷路みたいだ！)

愛翔はランドセルを上下に揺らしながら走り出した。

もう、重さも気にならない。次の角も曲がって突き進む。道の終わりはどうなっているんだろう。他の町への近道？　また同じところに出る？　まったく知らない場所に出るかもしれない。その先には、素敵なものが待っているような気がするのだ。

やがて、遠くに山が見え始めた。霧がかかった、真っ黒な山だ。一方、壁には次第にヒビが入り始め、可愛い草の代わりにツタが這《は》うようになっていた。

少し不気味だ。だが、どこからか甘い匂いがしてきた……。というか、ジュンさんがつけている香水が、もっと濃くなってちょっとむせそうな。と思ったら、突然、バラの蔓《つる》でぐるぐる巻きになった壁に行き当たった。壁というより、石でできたドアみたいな感じだ。バラは、いつも商店街の花屋さんで見ているけれど、もっともっと大きくて、赤だけど黒みたいな色をして、強く甘い匂いを辺りにまき散らしていた。

さすがに、赤黒くて棘《とげ》の鋭い大きな蔓には不気味さを感じたが、その時、微《かす》かに聞こえたのだ。

誰かが泣いている。ひっくひっくとしゃくりあげながら、とても哀しそうな声で。大人じゃない、子どもの泣き声だった。

愛翔は気がついたらバラが絡んだドアを開けて、中に飛び込んでいた。泣き声はだんだん近くなる。

「おーい、だれかいるの？」

迷子だったら助けてあげなくちゃ。淋《さび》しくて怖がっているような泣き方が気になった。愛翔は淋しい子どもだったから、同じような気持ちの他者に敏感だった。

「ここ、ここにいるよ！　たすけて！」

呼びかけに、泣き声交じりの声が答える。泣いているけれど、澄んだきれいな声だった。

「いまいくから、まってて！」

愛翔は走った。周囲には赤黒いバラの樹がたくさん植わっている。これを「バラ園」と呼ぶことを愛翔は知らなかったけれど、密集したバラの樹は、愛翔が近づくと、道を明け渡すように左右に割れる。愛翔はそれを不思議だとは思わなかった。そして——。

「だいじょうぶ？」

はあはあと息をつく愛翔の目の前には、より大きな樹に蔓でぐるぐる巻きにされた子がいた。銀色の長い髪、涙をいっぱい浮かべた不思議な色の目。そして蔓で巻かれた下でスカートがふわふわと揺れている。女の子だ。

「あなたはだあれ？　どうやってここへきたの？　おとうさまでさえ、このバラえんにはいることができなかったのに」

不思議そうに問いかける顔が可愛い。少し小首を傾《かし》げた仕草に胸がきゅんとする。学校にも、アイドルにも、こんなに可愛い子はいない。少し照れて、愛翔は早口で答えた。

「まがりかどをたくさんまがってきたんだ」

「まがりかど？」

愛翔はランドセルを下ろして、小さなカッターを取り出した。今日、図工の授業があったのだ。

刃をめいっぱいに出して、女の子に巻きついていたバラの蔓を切っていく。太いのは少し時間がかかったけれど、女の子は自由の身になって愛翔の前に降り立った。不思議なことに、蔓を切ったとたんに、不気味だった赤黒いバラは塵《ちり》となって消えてしまった。

「ありがとう！」

女の子は愛翔に飛びついたかと思うと、唇にキス。驚いて、愛翔は腰を抜かしそうになった。

「ふふっ」

そんな愛翔の様子を彼女は楽しそうに見ている。

「あなた、まじゅつがきかないんだ。ふしぎなひと……」

女の子の不思議な目の色を何色と言っていいのか愛翔にはわからなかった。だが、じっと見つめられるとドキドキしてしまう。

「きみのいえはどこ？」

「あの、ずっとむこう……そうだ！」

彼女が指差す先はずっと向こう、緑の野山だった。だがその見え方は、まるでビニールのカーテンがかかったみたいに微妙に歪《ゆが》んでいる。

「そのぶきで、これをきることはできる？」

カッターナイフを武器だと言う。面白いことを言うなあ。愛翔のカッターナイフは、そのビニールカーテンみたいなものを、いとも簡単に切り裂いた。

「すごい！　ありがとう！」

彼女は目を輝かせ、愛翔の手をぎゅっと握った。愛翔もドキドキしながら握り返した。

「また、たすけにきてくれる？」

「いつでもいくよ！　すぐによんで！」

今、会ったばかりなのに、すごくドキドキするんだ……。どうしてだろう。女の子も同じことを思っていたらしく、少し赤くなってにこっとうなずき、淋しそうに言った。

「もっと、いっしょにいたいけど、もういかなくちゃ」

そして、ビニールカーテンの裂け目から外へ出ながら、彼女は手を振る。

「やくそくだからね！　ちいさなゆうしゃさん！」

勇者さん……素敵な言葉を残して、彼女の姿はやがてビニールカーテンの向こうへと吸い込まれるように消えていった。愛翔は胸を高鳴らせながらその様子を見送っていた。絶対にまた助けに行くんだ。あの子がぼくを呼んだら。

「あっ！」

そこで愛翔は気がついた。互いに名前を言わなかったことを……。

1

「うー暑っ」

　社屋のエントランスから出た周防《すおう》愛翔は、慣れないネクタイを緩め、空を仰いだ。短い梅雨《つゆ》が明けたかと思うと、猛暑が続いている。会社訪問やインターン、面接の日々、就活生に夏休みはない。

　曲がり角を曲がって不思議な体験をしたあの日から十五年、愛翔は二十二歳、大学四年生の夏を迎えていた。

　就活用に短くカットした染めていない黒髪に、意志の強そうな眉《まゆ》、硬質な表情は常に意識してのものだ。背は低くないけれど、華奢《きゃしゃ》だった身体《からだ》は陸上部とジムで鍛えてきた。十歳でオメガだと認定されてから、身も心も自分なりに男っぽくあろうとしてきたのだ。

……あまり、外見的に効果はなかったが。

　男性オメガは、ほぼ皆が中性的だから、男女に継ぐ第三の性だなんて言われている。男性、女性、そしてそれぞれがアルファ、ベータ、オメガに分類されるこの世の中で、俺はオメガだけどそうじゃない、俺は中性的にはならないと愛翔は思っている。それは自分なりのアイデンティティーだった。

男女の他の三つのバースは、十歳くらいに検査で明らかになる。亡くなった母はオメガだと聞いていた。ちなみに、放浪癖のある父親についてはバースも知らない。一応、父親の姓『周防』を名乗ってはいるが。

愛翔は、自分はベータかオメガだろうと思っていた。

どうかベータでありますように……。願いも虚《むな》しく、オメガのバースが確定してからずっと、愛翔は自分がオメガであることが大嫌いだった。絶対に男に抱かれたくないし、発情もしたくないし、誰の子どもも産まない。

愛翔がそう思うのは、父の後妻、ジュンの影響が大きい。

ジュンは父親がふらりと連れてきた男性オメガだ。子どもの頃は、ママハハのジュンさんはきれいだから男の人にも女の人にももてて、デートで忙しいんだ、くらいの認識だった。だが次第に、恋愛に奔放で夫がありながら（その夫は霞《かすみ》のような存在だが）血はつながらないとはいえ、子どもをほったらかして恋人を取っ替え引っ替えする彼にうんざりするようになったのだ。

時には修羅場にも、R18な現場にも遭遇したし、「発情期のセックスは最高よ」なんて語られて、愛翔はそんな、ジュンみたいになりたくないと思うようになっていった。

もちろん、全《すべ》ての男性オメガが彼のようなことは断じてないけれど、たまたま身近にそういうキャラがいたことが——恋愛依存症で、セックス大好きなことを除けば、まあ、気のいい性格ではあるのだが——愛翔にとって反面教師になっていったのだ。

ジュンは女装していて、いずれ性転換手術を受けて女性になりたいのだと言っていた。

そして愛翔は、さらに高額なお金がかかるバース転換手術を受け、ベータになりたいと願っていた。

バース研究は進み、今では性転換だけでなく、バース転換手術も可能になった。だが、保険適用外だから、莫大《ばくだい》な費用がかかるのだ。

そのために、就活で絞り込んでいるのも高給な大企業ばかりだ。念入りに対策を練り、大学の成績も問題なかった。だが、最後には落とされる——だから四年生のこの時期でも内定が取れないのだが、それもこれも、自分がオメガだからだと思えてならない。

どこの企業もバースは問わないとうたっているけれど、実際、内定を勝ち取っていくのは、アルファの者が多いのだ。発情期のあるオメガは、その期間、仕事にならないから……薬を飲んでいても、周りにフェロモンをまき散らすこともあるから——そんな、旧態依然の考えが水面下で生きていることを感じるのが現実だった。

（くそっ、卑屈になるな）

愛翔は自分に喝を入れ、ペットボトルのお茶をぐいっと飲み干す。木陰のベンチに座り、ほっとひと息つくと、愛翔はいつも思い出してしまう。七歳の頃の不思議な体験、そこで出会った女の子のことを。

それは、淋しかった子ども時代にも、オメガである自分を認めたくなくて、懸命に戦っている今も、唯一のほんのりと甘い思い出だった。

バラの蔓で縛られた銀の髪の女の子。ちゅっと可愛い音がした、幼いファーストキス。ありがとう、また助けに来てねと言われた、勇者さんなんて呼ばれた……そんな言葉をもらったことなどなかったから、嬉《うれ》しくて嬉しくて。

彼女と別れてから、どうやって元の場所に戻ったのか、愛翔には記憶がない。気がついたらあの商店街の花屋の前にいて、そこにあるバラはみな、ピンクやオレンジの明るい色ばかりだった。赤黒いバラなんてどこにもなかった。

だから、あれは夢を見ていたんだと最初は思った。だが違ったのだ。バラの蔓を切ったカッターナイフは、刃がぼろぼろで使いものにならなくなっていたのだ。

（夢じゃ……ない？）

それから、愛翔の中であの冒険は大切な宝物になっていった。あの子が「助けて」と言う日が来たら、俺はきっとまた、彼女に会えるんじゃないかと思ってしまうほどに。神聖化された、淡い淡い初恋――。

汗だくになって就活しながら、それはあまりにもおとぎ話だけれど、現実が厳しいからこそ、思い出は愛翔の中でキラキラと輝き続けていた。

そんなある日。

コンビニでのバイトを終えて家に帰ったら、ママハハのジュンがいた。

ここ三年ほど、彼氏と旅行だからと言って出ていったきりだったのだが、彼はこうしていつも突然帰ってくる。愛翔にとっては血のつながらない母というよりも、ただの同居人という感じだった。住人には違いないから、当然好きな時に家に出入りできる。

「アイちゃん、久しぶりー」

大きな花柄が飛んだド派手なワンピースを着て、真っ赤なルージュの口端をきゅっと上げて笑う。男たちはこの笑顔に弱いらしい。彼の女装はいつも完璧《かんぺき》だったが、久しぶりに会うせいだろうか。なんだか雰囲気が違う。さらに女性らしく、身体の線がまろやかになったというのか……。

リビングには大きなキャリーケース。海外にでも行っていたのか。

だがジュンが帰ってくるのは、必ず何かの節目の時なのだ。恋人と別れたとか、新しい男ができたとか。

ジュンはまさに自分のバースを謳歌《おうか》していて、発情期さえ楽しんでいる。そういう生き方もあるんだろうと今は思えるけれど、子どもの頃にマイナスの方向で植えつけられてしまった彼の奔放さは、今も愛翔を縛っている。同じオメガでも、俺はジュンみたいにはならない。俺はあいつとは違うんだ。そう思いながらも実は、愛翔はジュンを憎みきれない。呆《あき》れてはいるけれど、嫌いではなかった。

「アイって呼ぶなって言っただろ」

「相変わらず可愛くないわねえ。でも、そんなアイちゃんのツンデレなとこがいいのよね」

これが三年ぶりに再会した家族との会話だ。誰がツンデレだと、愛翔は冷蔵庫から麦茶を出し、グラスに勢いよく注いだ。

冷蔵庫の中には、ガラス容器に様々な作り置きが用意してあった。ジュンは料理上手だ。以前から、帰ってきた時には必ずこうして美味しいものを保存容器に詰めてくれる。そうしてまた、新しい恋へと飛び立っていくのだ。

「あっ、あの、今回もたくさん作ってくれてありがと」

「どういたしまして。下味冷凍したやつもフリーザーにあるからね」

作ってくれる心は嬉しいので、礼は言う。ありがとうという言葉が少しくすぐったくて、愛翔は麦茶をぐいっと飲んだ。

「ちょーらい」

は？

「ちゃちゃちゃ、ちょーらい」

声のする方を見れば、赤ん坊を脱したくらいの小さな子どもが愛翔の足元に立って、麦茶のグラスを指差していた。

「うわあっ」

ジュンのやつ、ついに子どもを産んだのか……！

『せっかく男性オメガに生まれたんだから、一度は子どもを産んで見たいわあ。でも、相手が問題なのよ』なんて言ってたけれど、産むなら育てろよな、愛翔はいつも釘《くぎ》を刺していたのだった。

「そんなに驚くことないでしょ、アイちゃんの弟なのに」

ジュンは事もなげに別のグラスに麦茶を注ぎ、満面の笑顔で子どもに渡す。

「はい、セアちゃん、ちゃんと持つのよー」

「あい」

セアちゃんと呼ばれたその子は嬉しそうにグラスを受け取って、両手でしっかりと持った。

「弟？」

「そうよ」

「誰の？」

「だからアイちゃんのって言ってるでしょ」

「ちょっと待てよ、ジュンさんの産んだ子だからって、俺の弟にはならないからな」

他の男との子どもを俺の弟だなんて言うのはやめてくれ。

だが、ジュンは立てたひとさし指を振りながら小悪魔のように片目を瞑《つぶ》ってみせる……小悪魔がどんなのか知らないが、昔、父親が「ジュンのその仕草はまるで小悪魔のようだ」と言っていたのだ。

「正真正銘、血がつながったアイちゃんの弟よ。聖樹《せいじゅ》さんと熱い夜を過ごした時に授かった子だもの……素晴らしい夜だったわあ……」

「親父《おやじ》に会ったのか？　いつ？　どこで？」

聖樹──父親の名が出て、愛翔は驚いた。

「前の彼とサヨナラして、傷心のあたしの前に突然現れたの──同じクルーズ船に乗ってたみたい。こんな偶然ってある？　運命を感じたわ……」

「運命はいいから」

愛翔は急《せ》かしたが、ジュンはさらにうっとりとした。

「シチリアに停泊した夜だったわ。その夜、あたしと聖樹さんは濃密な夜を過ごして──」

ジュンはどうしてもそっちの話をしたいらしい。それに、父の聖樹は本当に神出鬼没なのだ。愛翔の修学旅行先に現れたこともある。仕事は自称旅行ライターだから、豪華地中海クルーズ船に乗ることだってあるかもしれないが……（当時のジュンのパトロンはセレブだったらしい）愛翔は話の方向を変えた。

「その時にできた子だっていうのはわかったよ。でも、なんで今回に限って……」

「産む気になったんだってこと？」

大きな目で見上げる弟？　を見ていたら、その目があまりにきれいで、この子の前で生々しいことは話したくないと思った愛翔だったが、ジュンはさらりと言ってのけた。

「そりゃあ聖樹さんの子だもの。唯一無二のあたしの夫よ」

あれだけ愛人を渡り歩いておきながら、唯一無二ときた。だが、ジュンの表情は真剣だった。

「男性オメガに生まれたんだから一度は子どもを産んでみたいって前に言ったわよね。だったら、やっぱり聖樹さんの子をって思うわ」

それに、とジュンは顔を赤らめた。

「今度はいつ会えるかわからない。今夜は運命の一夜だから、子どもができたら産んでほしいって言われたの。聖樹さん、相変わらず逞《たくま》しくて全然変わってなかったわ……まさに戦士のようなあの身体！　あたし、くらくらしちゃって、それで、聖樹さんのモノをあたしの中で受け止めて……」

「その話はいいから！」

ジュンは目を潤ませていたが、愛翔は文句を言いたい気分だった。

(放浪癖で自分は家にいないくせに、ダンナ公認の浮気妻によくそんなことを……)

「それでね、今日からこの子をアイちゃんに育ててもらおうと思って」

超重要なことを、ジュンはさらっと言った。愛翔は耳を疑った。

「……今、なんて言った？」

「セアちゃんをアイちゃんに育ててほしいの」

「産むなら責任持てよって前から言ってただろ？」

愛翔は大きな声を出していた。子どもを産んだらこうなると思ってたんだ！　親の責任というやつはいったい……。

まあ聞いてよ、ジュンはうとうとと眠そうなセアを膝《ひざ》に抱き上げた。

「聖樹さんがね、もし子どもが生まれたら、必ずアイちゃんに託すようにって言ったの。できるだけ早く」

「二人して俺に子どもを押しつけようっていうんだな」

この子にこんな話聞かせたくない。だが、セアはもうジュンの膝で眠っていた。

セアをソファーに下ろし、ジュンはとんとんとその身体を叩《たた》いてやる。ジュンのそんな仕草が優しくて、愛翔は思わず目をしばたたいていた。

「彼はね、その方が二人のためになるからって」

くるんと丸くなった身体に自分のストールをかけてやり、ジュンは愛翔の前に戻ってきた。

「それにね、見てわからない？　あたし女になったのよ！」

話題の飛躍が激しすぎてついていけない……。だが、ジュンはかまわずに胸と腰の括《くび》れを強調するべくポーズを取ってみせた。

「ついに性転換手術を受けたの」

性転換手術はバース転換手術に比べると費用は控えめだが、それでもかなりの額が必要だ。ジュンの愛人はいつもセレブだけれど……。

「彼氏に出してもらったの？」

「その通り！」

適当に言ったつもりが当たってしまい、手術費用をこつこつと貯め、就活にも励んでいる身としては虚しさが押し寄せる。だが、ジュンは誇らしそうだ。あたしの魅力で勝ち取ったチャンスなんだから、文句は言わせないというドヤ顔だった。

わかってた、ジュンさんはこういう人なんだって……。もろもろ怒りを通り越して愛翔が脱力している間にも、ジュンの話は続く。

「彼がね、子どもを手放すなら費用を出してあげようって言ったの。そして一緒に暮らそうって。だから、セアちゃんをアイちゃんに託すいい機会だと思ったわけなのよ」

ああ、やっと話がつながった……。愛翔はため息をついた。

子どもを手放すなら、などというヤツのもとで、この子が幸せでいられるとは思えない。

親父がどんなつもりでそう言ったのかはわからないけれど、ひとりぼっちだった俺に弟ができるんだと思ったら、不思議な——でも、悪くない気持ちだった。今まさに親から見捨てられようとしている、すやすや眠る弟が、かつての自分の姿と重なった。

「結局、ジュンさんは息子より性転換手術を取ったんだよな」

ダメ出しせずにはいられなかった。怒るか、いつものように笑い飛ばすかと思いきや、ジュンは意外にも淋しそうな顔をした。

「……でもね、今日まではあたしなりに大切に育てたの。この機会がなかったら、あたし、ずっとこの子を育てたと思う。でも、聖樹さんに言われた通りにしなくちゃって思いもあって……」

「わかったよ、俺が育てる」

自分のことでも精いっぱいな毎日なのに、俺に小さな弟の面倒を見ることができるのか？　だが不安を超えて、愛翔の心は決まっていた。

「セアってひらがな？　どういう字書くの？」

「この子が生まれた瞬間ね、オーラみたいな光に包まれたの。こう……虹の色みたいで、ミラーボールみたいにキラキラした星も見えたの。あれはきっと聖なる光だと思うわ。だから聖樹さんから聖の字もらって、アイちゃんの弟だから愛って字をもらって、聖なる愛で聖愛《せあ》、ロマンチックでしょ？」

ジュンの話は、またまたぶっとぶ。聖なる光とミラーボールを同じに表すのが彼……じゃなくて彼女らしいというか、なんというか。

「俺に負けないキラキラネームだな」

「アイちゃんの名前だって聖樹さんがつけたって聞いたわ。愛を翔《かけ》る。無敵よ」

俺の名前は親父がつけたのか。それは知らなかった。はは、と乾いた笑いをこぼして、愛翔はセアの顔を覗《のぞ》き込む。大人の事情なんかとは別の次元ですやすや眠っている。可愛いな……素直にそう思えた。

「セア、よろしくな。お兄ちゃんだよ」

呼びかけると、セアは眠ったまま、まるいほっぺをくしゃっとして笑った――ように見えた。

＊＊＊

セアとの暮らしは、思ったよりも愛翔を幸せにしてくれた。

二歳を過ぎたばかりだが、トイレは自立しているし、好き嫌いなくなんでも食べる。ジュンが当面、必要なものを置いていってくれたし、保育園もすぐに見つかったし、思ったほど手がかからなかった。

もちろん、不慣れなことは山ほどあるし、ぐずられることもある。大学の課題や就活の準備で忙しい時にまとわりつかれて、ああああ！　とパニックになりかけた時もあるけれど、癒《い》やされることの方が、ずっとずっと多かった。

潤んだ黒目がちの目を向けられ、小さな手を差し出されると、この子を守ってやれるのは俺だけなんだ、セアには俺が必要なんだと、愛翔の中でぽっかりと空いていた穴が埋められていくのだ。

黒いくせっ毛に包まれた顔は、全部が丸かった。目も鼻も口も。愛嬌《あいきょう》があって、笑顔がなんともいえない。仕草も、喋《しゃべ》り方も何もかも可愛い、愛《いと》しい。気づけば、スマホの容量はセアの写真で埋まっている。

「アイちゃ」

ジュンがそう呼んでいたからか、セアは愛翔をそう呼ぶ。ジュンにはいつもそう呼ぶなと怒っていたけれど、幼い弟に呼ばれると、顔がにやけてしまう。

「もう一回言って」

「アイちゃ」

抱っこせずにはいられない。愛翔が自分のことを「お兄ちゃんが」と言うので、「にーちゃ」と呼ばれることもある。もう、どっちでもいい。そして、

「しゅき」

なんて言われたら、幸せで胸がはちきれそうになって、泣けそうになってしまう。これまで、愛翔にその言葉をくれた者はいなかった。

ジュンもそうだったけれど、大学のオメガの友だちも、発情して抱かれて、恋におちるケースが多かった。

「抱かれて、大切にされてるんだってわかったんだ」

みんなそう言うけれど、発情イコール恋というのが嫌だから発情したくなくて、薬を多めに飲んでいる。普通の発情抑制剤じゃなくて、将来の手術を見越しての、高額なオメガ抑制剤だ。そのためにバイトをかけ持ちしている。

そうまでしても、恋愛自体が信じられないから、オメガであることが嫌だから——そういうのはきっと他者に伝わる。ひと目でアルファと恋におちるなんて考える以前のことだし、ましてや魂の番《つがい》なんてあり得ない。恋愛なんて、ベータになってからでも遅くない。

そして自分は、親子の情も持たざる者だ。そう思って生きてきたけれど、本当は、ずっ

とその言葉に飢えていたんだということをセアに教えられた。セアは、愛翔の渇きをあふれるほどに癒やしてくれたのだ。

「俺もセア、大好き」

声にすれば幸せはさらに膨らむ。きゃーっと喜ぶあったかい身体をぎゅっと抱きしめて、愛翔は自然に笑えるようになり、面接も順調に進み始めた。

（やっぱり笑顔って大事なんだな）

鏡の向こうの自分に向かい、愛翔はネクタイをきゅっと結び直す。

（セアも祈ってて）

スマホの画面に呟《つぶや》いて、「よし」と気合いを入れる。

今日は、第一希望の企業の最終面接だ。


『この度は、弊社にご応募いただきまして、誠にありがとうございました。周防愛翔様について、慎重に選考を重ねました結果、誠に残念ながら今回についてはご期待にそえない結果となりました。なお、お預かりしました応募書類につきましては……』

最終面接の一週間後、企業からメールがきた。大学のゼミ室でメールを読み、それから愛翔はショックから立ち直れないでいる。

面接は上手くいったと思う。バースについては不問の会社で、愛翔は自分の力を存分に発揮できると、企画への意欲をアピールした。手応《てごた》えがあったと思ったのはひとりよがりだったのか……明らかなのは、不採用だという事実だけだ。

はっきりいって、この企業にかけていた……。だが、残されたチャンスをものにするためにも、早く気持ちを切り替えなければ……。わかってはいるが、頭をしゃんと上げることができない。

しかも、夕方保育園にセアを迎えに行くと、ぐずぐずと機嫌が悪かった……。具合が悪くなる前かもしれませんね、と先生は言う。愛翔が抱っこすると、いつも笑ってくれるのに、今日に限ってセアはぐずり続けていた。

「あーもう、泣き止《や》んでくれよ……セアのにっこり顔で癒やしてほしかったのに……」

「ふえええええ」

手前勝手な気分を押しつけているのはわかっているが、今日は保育園から持ち帰った荷物も、おぶったセア自身も重くて仕方がない。

「セアの好きなパン買って帰ろうな。帰ったらミルピーも作ってやるし」

「いやーの」

大好きな乳酸菌飲料の名を聞いても、セアは拒否する。その上に「おうち、いやーの」などと言い出して、愛翔はぶちっときてしまった。

「いい加減にしろよっ、どうしろって言うんだよ。俺たちは、あそこしか帰るとこないだろ！」

「ふえええええ」

怒られて、セアはまた泣き出す。その繰り返し。本当に今日はどうしてしまったんだ。落ち込み気分を上塗りされて、愛翔はさらに落ち込んでいった。

結果、愛翔は商店街のパン屋の前も通り過ぎ、ずんずんと歩いた。次の角を右に曲がれば住んでいるマンションだ。まっすぐ行って坂を登れば、高級住宅街。セアは「こっち、こっち」と泣きべそをかきながら、坂道の方を指さす。

「そんなに家に帰りたくないって言うのか？　わかったよ、行けばいいんだろ」

愛翔は自棄《やけ》になって坂道を目指す。だが、十分ほど歩いたのに坂道は現れず、目の前にはプラタナスの並木道が続いていた。

（あれ？）

遠い記憶が呼び起こされる。あの時と同じ?

「こっち、こっち」

セアは変わらず、行こうとせがむ。これは、子どもの頃、不思議な場所にたどり着いたあの道だ。

どうして今……あれから何度も行ってみたけれど、プラタナスの並木道はどこにもなかったのに……。

不思議な思いとともに、好奇心に駆られて並木道を進むと、白い壁の道に出た。やっぱりあの時と同じだ。

身体に食い込む重さも忘れ、いつしか愛翔はセアをおぶったまま、夢中でその道を進んでいた。壁の向こうには曲がり角、愛翔は迷わず角を曲がる。

「よーし、こうなったら行くとこまで行ってやるぞ!」

セアもいつの間に機嫌が直ったのか、きゃっきゃ言って喜んでいる。次の曲がり角に着いて、息を切らしながら佇《たたず》んでいた時だった。

(出《い》でよ)

男の声が聞こえたのだ。いや、頭の中に響くというのか。突然そんなふうに呼びかけられても、不思議と愛翔は驚かなかった。それどころか、その声に引き寄せられるようにその角を曲がり、足が進む。

「でてよ、でてよ！」

セアにもその声が聞こえたのだろうか。口真似《まね》をして、愛翔の背でぴょんぴょん跳ねている。

（我に力を）

また声が聞こえた。「力を」って、助けてくれってこと？

『また助けに来てね』

あの子もそう言っていた。だが、聞こえるのは男の声だ。このまま行くと、またあのバラ園に出るのだろうか。それとも……？

「えっ？」

目の前には右と左の分かれ道。これは知らない。あの時はなかったはずだ。

「どっちへ行けばいいんだろ」

「あっち！」

愛翔が迷って呟くと、セアが元気いっぱい、ご機嫌で指差した。

「あっち、あっち！」

「ようし、行ってしまえー！」

セアが示す通り、右の道に入ると、ふわりとしたもやに包まれた道に出た。

「なんだこれ、霧？　ま、いっか！」

もやの中でもご機嫌のセアと同じように愛翔も楽しくなってきて、その道を進んでいく。

すると、前方が明るくなってきた。

あの明るい場所には何が待っているんだろう。

「えーい！」

弾みをつけて、愛翔はセアとともに、もやの中から飛び出した。


走り幅跳びのように跳んで着地したそこは、とても硬かった。

だが、アスファルトのような感じではなく、足元は滑らかでひんやりとしていた。だが、いきなり硬い場所に着地した負荷が足首にかかり、愛翔はセアをおぶったまま、がくんと盛大に転んでしまった。

「痛……っ」

「らいじょぶ？」

セアが顔を覗き込んでくる。軽く右足をひねったようだ……だが、愛翔は笑顔で「大丈夫！」とセアの頭を撫《な》でた。セアは愛翔の背中から降りて、冷たくて硬い場所に立った。

「ちゅるちゅるー」

つるつると言いたいのだろう。確かにそこは地面ではなく、大理石のように滑らかに磨き上げられた「床」だった。辺りを見渡すと、高い吹き抜けの天井には、たくさんのモザイクで、見たことのない紋様が浮かび上がっている。

前方には光が差し込む細い窓と、石造りの長いテーブル？　らしきものがひとつ。しんと静かで、窓とテーブルを囲むように、いくつものろうそくの灯《あか》りがゆらめいていた。自分たちは建物の中にいるのだとわかったが、いつ入ったのだろう。もやの中から飛び出したはずなのに。

「幻想的、というか神秘的な場所だな」

降り立った場所があのバラ園でなかったことが、愛翔は残念でならなかった。

「これは驚いた」

人の声がして、愛翔は驚いて顔を上げた。足首が痛くて立ち上がることができなかったのだ。

愛翔の目の前には、純白のガウンを着た男が立っていた。

男……？

男だよな。声は男だし……。愛翔は自問自答する。

その男は、長くてまっすぐな銀色の髪を垂らし、紫の宝石のような不思議な目の色をしていた。耳には目と同じ色の石のイヤリング。手には、長い剣を携えている。重厚そうなその剣が鈍く光り、愛翔は思わずあとずさったが、セアは目を瞠《みは》って男を見上げていた。

どう見ても現代世界にはいないであろう人物だ。恐ろしいほどに美しい男だが、紫色の目なんて初めて見たし、着ているものだって、剣だって……まるでファンタジーゲームのキャラクターだ。

愛翔は過去の経験があるので、わりと落ちついていた。あの時とは違うが、また不思議な世界に入り込んでしまったのだろう。同じ世界だけれど、場所が違うのかもしれないし。

一方、男の方は整いすぎたフィギュアのような顔に、放った言葉通り、ありありと驚きの表情を浮かべていた。

「なんと、我が魂の番は、異なる世界からやって来たのか」

「魂の番？」

「そうだ。私を助け、共に闘う魂の番だ。この世界を救うために」

その声は、確かに「出でよ」「我に力を」と呼ばれた声と同じだった。

だが、彼が何を言っているのかさっぱり意味がわからない。

世界を救うために戦う？　魂の番という言葉は知っているが、そんなものは都市伝説だと言われている。出会った時に惹《ひ》かれ合い、魂で強く結びつく、そんなアルファとオメガがいるなんて。

ぽかんとした愛翔の側《そば》で、セアは物怖《ものお》じすることなく、にこにこと彼に笑いかけ、ぴょこんと頭を下げた。

「こにちは」

「これはなんと愛らしい」

こんにちは、と男は顔をほころばせる。

「もしや我が番は、こちらの赤子の方なのだろうか？」

「ちょっと待ってください。セアがどうかしたんですか？　それに赤子ではなくて、もう二歳ですが」

ちょっと待てよ、と言いかけたが、警戒も含めつつ、愛翔は言葉を正して訊《たず》ねた。

「いや、赤子はまだバースが定まらぬ。ではやはり、我が番はこちらの男の方か」

「人の話を聞いてくれませんか？」

会話がまったくかみ合わない。だが、この世界では日本語がデフォなのか？　話の内容はさっぱりだが、相手の言う言葉はわかるのだ。あの女の子の時もそうだった。

「おまえはどうやってここへ来た？」

いきなりおまえときた……だが、愛翔は素直に答える。

「並木道を抜けていくつか角を曲がったら『出でよ』『我に力を』って声が聞こえて、そのまま進んでいったらここに出たんです」

「ででよ、あたたの」

セアも説明に加わっているつもりなのか、言葉を繰り返す。

「声が聞こえたのか？　では間違いない。呼んだのは私だ。やはりおまえが私の魂の番というわけだ。まさかこのように面妖《めんよう》な格好をした、赤子をおぶった男が召喚されるとは思わなかったが……それに、魂の番というものは、出会った瞬間に愛の炎が燃え上がるように惹かれ合うものではないのか？」

「……何を言ってるのかまったくわからない」

愛翔は憮然《ぶぜん》と呟いた。またまた魂の番だなんて言っている。それに俺から見たら、そっちの方がずっと面妖な格好だし。

だが、体格や風格、隠しようのない只者《ただもの》ではないオーラは、愛翔が知るアルファたちよりも遙《はる》かに強い。彼は間違いなくアルファだと愛翔は思った。

とにかく、もっとかみ砕いて事情を聞かなければ。

愛翔は立ち上がろうとしたが、足の痛みに顔をしかめた。捻挫《ねんざ》したのかもしれない。何かにつかまらないと立てそうになかった。

「怪我《けが》をしているのか」

「……ここへ飛び下りた時に、ぐきっと」

思えば子どもっぽい行為だった……はしゃいで跳んで足を挫《くじ》くなんて。

しかも異世界で——えっ？

急に視界が高くなり、愛翔は驚いた。目の前には神秘的で美しい貌《かお》。その紫の目の色といったら……いや、違うだろ。そんなこと考えてる場合じゃない。

「いきなり何するんだよ、下ろせよっ」

丁寧語も忘れて抵抗する。

なんと愛翔は、男に軽々と抱き上げられたのだ。いわゆる、お姫さま抱っこというやつで……。

「その足では歩けまい。手当てもせねば」

見れば、愛翔のくるぶしは確かに、靴下の上からでもわかるほどに腫《は》れ上がっている。

「下ろせよっ、下ろしてください！」

愛翔がじたばた暴れても、男は顔色ひとつ変えずに建物の出口らしき両開きの扉に向かって歩き出す。

「赤子はついておいで」

「あいっ！」

子どもの適応能力はすごい。セアはご機嫌で手を上げて返事をしている。

「アイちゃ、だっこっこ！」

「セアっ！」

愛翔が抱っこされているのを初めて見たセアは楽しそうだ。だが、愛翔はそれどころではなかった。

「下ろせって。どこに連れていくつもりだよ。行かなきゃいけないんなら、這ってでも行くからっ」

何よりも屈辱だ、男に姫抱っこされるなんて……！　状況が摑《つか》めない上に恥ずかしい。セアしか見ていないけど恥ずかしい。

「番に抱かれるのだ。何を恥ずかしがることがある」

男は、愛翔が恥ずかしがっていることを理解したようだった。そんなの、余計に恥ずかしくなってしまう。

「だから番ってなんだよっ」

同じ異世界に落ちるなら、あのバラ園がよかった……そうしたらこんな妙な男じゃなくて、あの子に会えたかもしれないのに……。

愛翔はさらに足をバタつかせて抵抗したが、男はびくともしない上に、足が鈍い痛みに襲われる。

「痛……！」

「暴れるからだ」

男は愛翔を抱いたまま石のベンチに腰かけると、愛翔の靴と靴下を脱がせ、腫れ上がった足首を掲げた。

なんだ急に——。

「痛々しい」

銀の髪がさらりと愛翔の足に触れたかと思うと、男は愛翔のくるぶしにくちづけていた。

「早く良くなるように」

「…………！」

もう声も出ない。

なんでさらりとそんなことを言う？　いや、そんなことをする？

キスされたくるぶしの痛みは、余計に増したかのようにどくどくと脈打っている。愛翔は完全に毒気を抜かれてしまった。そして改めて思う。

どうやら俺には、いわゆる『異世界』に出入りできる力が備わっているらしい……。

「あっち、アイちゃ、あいたた、ちたの」

セアは無邪気に、大理石の床と愛翔の足を交互に指差している。

「そうか、床で転んだか」

男は優しい笑みでセアに答えていた。

――愛翔を姫抱きにしたままで。

2

連れていかれたのは、石造りの城だった。

先ほどの場所は、この世界で最も聖なる場所、神殿なのだと男は語った。確かに幻想的で神秘的な場所だったが、

(それほどまでのものだったのか)

改めて考える。神殿から城はそれほど遠くはないが、愛翔はその間中ずっと、男に姫抱きにされているという屈辱、恥ずかしさに耐えていた。

「お帰りなさいませ、イネスさま」

城に入ると、天井の高い、広い部屋へ通された。ここも壁がモザイク紋様で、配置された椅子《いす》もテーブルも、見知らぬ花が活けられたマントルピースも白い。

そこへ、やはり長い裾《すそ》を引きずった衣装を着た、初老の男が現れた。長い袖の中で腕を組んでいるようなスタイル。だが、衣装は白ではなく薄紫色だ。

「お客さまでございますか？　ああ、これはなんと愛らしい」

セアはさっそく、その男にも愛想を振りまいている。セアに手を振って応え、主《あるじ》が男を抱きかかえていても、彼は驚きもしていなかった。

「大切な大切な客人だ。……今はな。怪我をしているゆえ、医者を呼んでくれ」

(今はな？)

さりげなくつけ加えられた言葉にひっかかりを感じながら、愛翔はやっと、豪奢《ごうしゃ》な長椅子の上に解放された。セアもその端っこにちょこんと座った。

「痛むか」

「かなり……」

不意に優しく問いかけられたが、男は急に自己紹介を始めた。

「名乗るのが遅くなった。私はイネスという。イネスとは聖なる花の名前だ。神殿の周りに多く咲いている。清めの意味があるのだ。この世界、セルジオールの神官王を務めている」

そして。

セルジオールというのは『地球』のような星の名前だろうか、それとも国名なのか。

「神官王ってなんのことですか？」

「ああ、そなたは我が番なのだから、そのように畏《かしこ》まらずともよい。私たちの仲なのだから気軽に話してくれ。その方が嬉しい」

「は、はあ……」

また魂の番、そして「私たちの仲」とは、密接なものを感じる。だが、それが嬉しいと言うのなら、相手の言うようにしようと愛翔は思った。一方、イネスはとうとうと語り始める。

「この自然界における生きとし生けるものの声を聞き、祈りを捧げることにより、世を安寧に治める者だ」

「シャーマンみたいなもの？」

神や精霊から力を受けて預言やまつりごとを行う者、アニメで得た程度の知識しかないが、シャーマンになぞらえて訊ねてみた。

「シャーマン？」

イネスは眉を寄せた。どうやら伝わらなかったようだ。だが、神官王という言葉からして、とても立派な位についているのだろうと愛翔は推察した。俺とそれほど変わらない年だろうに。

そこへ、白い動物が部屋に入ってきた。頭には、ユニコーンのような立派な一本角を生やしている。見たことのない動物に目を瞠っていると、その動物は、はふはふ言いながらイネスの足にじゃれついた。

犬？　狼《おおかみ》？　角が生えた上に、琥珀色《こはくいろ》の目、長毛で美しい毛並みの、これまた神秘的な動物だが、その様子は、飼い主にじゃれつく犬となんら変わらないと感じる。

「モルト、しばし待て。あとでたくさん遊んでやる」

イネスは優しい顔で呼びかけ、モルトと呼ばれた動物は、イネスの足元におとなしく座った。

「わんわ！」

セアは目を輝かせている。犬が大好きなので興奮状態だ。本当に、この世界に来てからのセアはご機嫌だ。

「わんわとは？」

イネスのように神秘的な容貌《ようぼう》の男から、その可愛い言葉が出るのはなんだか微笑《ほほえ》ましい。

そんなところで和んでしまい、愛翔は愛想よく答えた。

「犬のことだよ。わんわっていうのは赤ちゃん言葉だ」

「そうか、だがモルトは犬ではなく狼なのだ。聖なる神獣、私のしもべであり、大切な友だ」

「もふもふ、いーい？」

セアはイネスに甘えるような口調で訊ねた。

「触っていいかって」

「ああ、存分に。モルトも喜ぶ」

セアとモルトがもふもふと戯れている間、医者がやって来て、冷たい布でくるぶしを冷やしたあとに、何やら緑色の軟膏《なんこう》みたいなものを塗られた。そして白い布と板で患部を固定される。医者の見立てでは、骨に異常はないが、数日は動かさないようにとのことだった。

「大きな怪我でなくてよかった」

ひとりごとのようなその呟きは安堵《あんど》を含み、優しかった。怪我をしたのはもともと俺がはしゃいで悪ノリしたせいなのに……愛翔は背中がむず痒《がゆ》くなる。少しいたたまれない。

そんな愛翔にイネスは訊ねてきた。

「おまえたちの名を教えてくれぬか？」

そういえば名乗っていなかった。愛翔はもはやモルトに跨《また》がっているセアに目を向けた。

モルトもご機嫌で尾を振っている。

「あいつは俺の弟で、セア。俺は愛翔」

苗字《みょうじ》は名乗らなかった。イネスも名前だけだし。

「セア？　アイト？」

「そう」

「どういう意味があるのだ？」

「なんでそんなこと言わなきゃいけないんだ？」

自分のキラキラネームに抵抗を持ち続けてきた愛翔は抗《あらが》った。聖愛《セア》だって、たいそうな名前だけれど。

「セルジオールでは、名乗る時には、必ず名前の意味も伝える。名前にはその者に与えられた力や夢が込められているのだ。だから互いに名の意味を知ることで、尊敬や共感が生まれる。アイトのいた世界ではそうではないのか？」

小学校では、必ずといっていいほど、名前の由来についての作文を書く。誕生に込められた親の思いを知るというその作業が、愛翔は好きではなかった。自分の名前が好きでないというのは不幸なことだと思う……一生、つき合っていかなければならないからだ。

「うちの親なんて……」

なんかノリでつけたに決まってる。我ながら、親に対する不信感を拗《こじ》らせていると思うが——愛翔はしぶしぶと答えた。

「アイトってのは、愛が翔けるという意味だ。俺の親父は、世界中をふらふら歩き回って家族をほったらかしてたやつだけど、そんなやつが愛なんて意味を込めて、その愛が翔けるだなんて、いったいどういうつもりだったのかわからない」

何もそこまで言う必要はなかったのに、愛翔は愚痴るように言ってしまった。だが、イネスはとても真面目《まじめ》な顔をして聞いている。その目力に圧《お》されつつ、愛翔は続けた。

「セアは、聖なる愛という意味だ。俺とセアは母親が違うんだけど、セアが生まれた瞬間、神々しいオーラというか、光に包まれたんだと。親父の名前は、これまたたいそうに聖樹っていって、あ、聖なる樹な。それで、親父の名前から聖と、俺の名前から愛を分けて、聖愛」

ますます愚痴っぽくなってしまったが、イネスは目を輝かせた。

「二人とも、素晴らしい名ではないか！」

「そうか？」

愛翔はしらけ気味で答えたが、イネスは熱っぽく語った。

「愛が世界を駆け巡る……アイトの名は、こうして異なる世界へと訪れる者であることを表しているのかもしれぬな。そして聖なる愛……これほどに美しい名があるだろうか」

「ふーん」

そんなふうに言われると、さらにむず痒い。愛翔はつっけんどんに答えたが、イネスは目をきらきらさせていた。

年は俺とそう変わらないだろう。だが神官の王だというし、もっとものものしい、クールで落ちついた男だろうと思っていたけれど、表情は豊かだ。

見れば見るほど、美しい男だった。だが、第一印象と違い、中性的ではない。しっかり『男』らしさを発散している。

そうか。アルファだものな……。俺を魂の番と言うからには。

だが、イネスはそもそも、なぜ俺のことをオメガだと知っているのか。しかもどうして番だなどと。

「怪我の手当て、あの、ありがとう」

いろいろ話を聞かなければ。愛翔は手当ての礼をきっかけにイネスに説明を求めた。

「それで、あの……教えてくれないか。イネスは俺たちを『呼んだ』って言ったけど、俺はここと違う世界の一般庶民で、神官の仕事とかにはなんの関係もないんだ。なんのためにイネスは俺を呼び寄せたんだ？　結果的にセアも一緒に来てしまったけど」

「それもまた、必然だろう」

セアのことが？

イネスは不思議なことばかり言う。だが問い返す間はなく、イネスは厳かに語り始めた。

「ここセルジオールには、アラント山という魔の領域がある。ユリアナという魔女が君臨する、魔族たちの住処《すみか》だ。民たちは、もちろん恐ろしがって近寄らない。一方、代々の神官王は、陽と陰という二本の聖剣によって、自然の驚異や魔族がもたらす影響を抑え、この世の均衡を保ってきた」

魔の領域、魔女、魔族。

愛翔はすでに混乱しそうだった。

元の世界とは違いすぎる。ここは子どもの頃に聞いたおとぎ話の舞台か、はたまたファンタジーゲームのダンジョンの中なのか。イネスの話は続く。

「陽と陰、二本の剣で、世は安寧に保たれていた。だが、美貌《びぼう》と過去最大の魔力を誇るという魔女ユリアナが、当時の神官王、ナーラスの息子、イネスに執着を示した。イネスはまだ九歳。今から十五年ほど前のことだ」

「ちょっと待って。イネスって……？」

「そう、私だ」

愛翔の驚きに対し、イネスは淡々と答える。

嘘《うそ》だろ、その魔女が何歳だか知らないが、俺のいた世界じゃ犯罪だぞ？　興味ではなく、執着という言葉が生々しく感じられた。

「ユリアナは、自身が聖剣に触れることができないために、ナーラスの弟で、神官王の位を欲していたサルスという男をそそのかして、イネスごと陽の剣を奪った。魔族は、人の汚れた心につけ込む。以前は良き魔族もいたと聞くが、ユリアナによって滅ぼされてしまった」

「そそのかすって……」

「自分に似せた人型を操って、サルスを誘惑した。神官王の位を約束し、そしてこの肉体を好きにしてよいと」

「その引き換えに剣を奪い、イネスを攫《さら》わせたんだな」

「その通りだ。そしてサルスは魔界に入ったことで神官の力を失い、ユリアナの補佐として今もアラント山にいる」

めでたし、めでたしでは到底終われない。奪われた陽の剣はどうなった？

そして攫われたというイネスが今ここにいるのは。

――おまえがもう少し大人になるまで、妾《わらわ》は待つとしよう。じわじわと少年が青年に、そして成熟した男になるのを見て楽しみ、熟成されたワインのようにおまえを味わいたいのだ。まずはおまえに宿る神官の力を完全に消さなければな。そうでなければ、妾はおまえに触れることも叶《かな》わぬ。ふふ、ははは……。

「私はユリアナに囚《とら》われて……今も、ユリアナのいやらしい笑い声が耳にこびりついている。だが、私は魔界から逃げ出すことができた」

「どうやって？」

「それがわからないのだ。なぜ、私がユリアナの強い魔力を解くことができたのか。当時の私には絶対に無理なことだった。だが私は逃げてこの神殿に戻った。その時の記憶がはっきりしないのだ。おそらく恐ろしい出来事を思い出すことを、心が拒否しているのだろう。だが、そんな心の一番底にあるのはなぜか温かい思いなのだ。それは今も、私の心の中に存在している」

「ふうん……」

イネスの心の底にあるという温かい思いは、抽象的すぎて愛翔は想像することもできない。だが、無性にもどかしかった。——想像もできないことが？

それすらわからないのに。

「本題はここからだ」

イネスの整った眉根は、険しく寄せられた。

「私は逃げてここへ戻ってきたが、陽の剣はそのまま、魔界でサルスの手によって封印された。陽の剣の力は、魔力を抑えてしまうからな。神官の力を失う前の、サルスの最後の仕事だったのだろう。つまり、陽の剣はアラント山に留め置かれたままなのだ。陽の剣を失ったセルジオールは自然の理《ことわり》の均衡が崩れ、自然厄災に見舞われた。大嵐《おおあらし》、地震、竜巻、日照り……民の生活は苦しくなり、世の中は乱れに乱れた」

イネスは唇を噛《か》む。とても辛《つら》く苦しいのだろうということが見て取れた。

「その悪循環を止めようと、時の神官王ナーラスは陰の剣だけで必死に立ち向かい、祈りを捧げた。だが、ナーラスは……父上は力と身体の限界を超え、身も心もボロボロになって、儚《はかな》くなった。そのあとを継いだのが私だ」

神官王となったイネスに、魔女ユリアナは、サルスを通して嘯《うそぶ》いたという。

『時は満ち、そなたは良い男になった。我の花婿となれば陽の剣は返してやろう』

魔女のイネスへの執着は続いていたのだ。だが魔女の花婿になれば、イネスはもちろん神官の力を失うことになる。

「陽の剣が戻れば、新しく神官王が立ち、再び世界の均衡は保たれるようになる。だが、私はユリアナを信用していない」

当然だ。信用できるわけがない。だからイネスは今も抵抗し続けている。

だが、どれだけ祈りを捧げても、陰の剣だけではどうすることもできず、世のほころびは止まらない。

「――それで、私は最後の手段に出る決断をした。陰の剣の使い手を立て、魔界に戦いを挑むのだ」

イネスは愛翔を見つめた。

紫の瞳《ひとみ》の奥に炎が見えるようだ。愛翔はその視線に圧された。

「陰の剣の使い手となるのは、時の神官王の魂の番であるオメガのみ。戦いに敗れたならば、この世、セルジオールは完全に魔族の手に堕《お》ちる。神官王とその魂の番、使い手が滅んだ聖剣は二本ともその力を失うのだ。私は全て覚悟の上で、魂の番を召喚した」

魂の番はセルジオールのどこかにいるのだと思っていた。男か女か幼い者か、年を経た者かはわからない。わかっているのは、ただオメガということだけ。

「私の予想を裏切り、魂の番は異世界から召喚された」

イネスは静かに話を結ぶ。愛翔は目を見開いた。口もあんぐりと開いたままだった。

では、それが――。

「現れたのは、赤子を背負った男だった」

俺だったたっていうのか！

神官王はこうして、運命の姫を見つけた。だが、おとぎ話は『めでたしめでたし』にはならない。

「つまり、ユリアナから陽の剣を取り戻すためには、私の魂の番が陰の剣の使い手となって戦うしかないのだ」

「ちょ、ちょっと待って」

愛翔は話を整理しようと試みた。

「まず、俺とイネスが魂の番だとして、陰の剣の使い手となるためには、真に番にならないといけなくて、そのためには、俺がうなじを噛まれないといけないいん……だよな。つまり、うなじを噛まれなければ陰の剣の使い手にはなれない……と」

「もちろん」

「それでその、いろいろすっ飛ばしてうなじを噛まれたとして」

「何をすっ飛ばすというのだ」

「それは……いろいろだ」

「私とおまえが同衾《どうきん》するということか」

「それならば、私はすっ飛ばすつもりはない」

「うなじさえ噛めば、わざわざそんなことしなくてもいいじゃないか」

「何を言う。私は番となる者には、愛をもって接したい。肌を合わせ、身体と心がひとつになったその時にこそ、愛を感じられる」

「いい、しなくていい！」

「どうしてそんなことを言うのだ」

イネスは訝《いぶか》しげに訊ねる。

「だって、俺たちはさっき出会ったばかりなのに、その、いきなりそんなことできないよ。俺は」

「どうして？　私たちは魂の番なのだぞ」

イネスの追及は続く。

だが、愛翔はオメガでいたくない。いつかバース手術を受けるまで、誰にも抱かれたくないと思っていた。それなのに、今、オメガとして番《つが》ってしまうなんて、

「そもそも、愛し合ってもいないのに、そんなことできないって言ってるんだ」

「それは違う。魂の番なのだから結ばれることは必然。心が満たされるだけでなく、至上の悦《よろこ》びを得られるはずだ。おまえのなかに私が入り、結ばれ、肌と肌が溶け合ってしまうような……抱き合ってみればわかる」

淫《みだ》らなことを言いながら、真面目な美しい貌が目前に迫る。

「アイトは私に抱かれるのが嫌なのか？」

「だからっ、イネスじゃなくても、相手が誰でも、俺は誰の番にもなりたくないんだって！」

「――なぜ？」

価値観の違いがぶつかり合った結果、イネスは神妙な顔で訊ねてきた。

「なじぇ？」

可愛い声が問いを繰り返す。二人がはっとして振り返ると、そこには、モルトの背中に乗ったセアがいた。いつからそこにいたのか。モルトと、もふもふ戯れていると思っていたのに。

「アイちゃ、ネス、ばちばち？」

少し哀しそうな目で小首を傾げる。二人はけんかをしているのかと聞いているのだ。セアに泣かれるのは弱い。愛翔は焦って答えた。

「違うよ。いろいろ話し合っていただけなんだ」

「アイトは『いろいろ』ばかりだな」

皮肉のような、嫌味のようなツッコミに、愛翔はイネスをきっと睨《にら》む。

「子どもに聞かせていい話じゃないだろ？」

話は『やるか、やらないか』になってしまっている。そこから進んでいないのだ。セアも近くにいるし、仕切り直すことが必要だと愛翔は思った。だがイネスはのうのうと答える。

「バースが定まればいずれ知っていかなければならぬこと……こうして周囲の話を見聞きして、赤子は人生を学んでいくものだ」

だめだ……俺たちとは根本的に価値観が違うんだ。愛翔はため息をついたが、イネスはふふっと笑った。

「憂い顔のアイトもよいが、さっき私を睨んだ時のアイトはとても愛らしかった。私は先ほどのアイトの顔が好きだ」

こいつ、涼しいきれいな顔をして、ただのオメガたらしか？

頬《ほお》を上気させ、愛翔はまたイネスを睨む。そうすることで、結局また、イネスを喜ばせてしまうのだが。

「と、とにかく話は仕切り直させてくれ。ど、同衾問題はあとだ。先へ進めない」

「わかった」

セックスというより、同衾という方がずっとやらしい。俺にはハードルが高い。結果的に奥手中の奥手である愛翔は、額に汗を浮かべていた。

「しかし、セア……」

イネスは意味ありげな表情で呟く。

「なんだ、セアがどうかしたか」

「もう、モルトを乗りこなしている」

なんだ、そんなことか。愛翔は答えた。

「セアは動物が大好きなんだ。だからそういう心が伝わるんだろ」

「モルトは気難しい質《たち》ではないが、普通の動物ではない。神獣だ。神官ではない、私以外の者に背中を許すなど……」

それの何がいけないんだろう。可愛がっているペット……ではなくて相棒的な？　が他の者に懐いて気に入らないのか？

オメガたらしだったり、二歳児に焼きもちやいたり、神官王っていうから、もっと威厳のあるやつなのかと思っていたけれど、案外、普通に人間的なんだな。

愛翔はそんなことを考えていた。

「イネスさま、こちらにお客人のお召し物をご用意しました。赤子さまの分はこちらでございます」

「ああ、すまないな、アニス」

侍女らしき女性が、愛翔とセアの着替えを用意してくれた。着ていたものは汗だくだったし助かったのだが、イネスはこう言ったのだった。

「その面妖な衣服は悪目立ちする。それに、身体を締めつけて苦しかろう」

確かにスーツはずっと着ていると肩が凝る。だが、イネスはひと言多いと愛翔は思った。受け取った着替えは、思っていた通り、ファンタジーゲームのキャラが着ているような感じのものだった。

ベージュの長めの上着にベルト代わりの腰ひも。濃茶の細めのボトムに甲高のブーツ。イネスも違うものに着替えていた。裾も袖も長く、腰ひもはない。シルクのような光沢のある生地に、何やら刺繍《ししゅう》がしてある。庶民との違いといった感じか。

セアのものは、前をひもで結ぶ保育園のスモックのような上着だが、緑色でなかなか可愛い。

意外にもそれらは着心地がよかった。綿？　ハリがあるから麻かな？　そして驚いたのは靴だ。サイドゴアブーツみたいな感じだが、革がやわらかくて軽い。裸足《はだし》なのに、蒸れたりもしないのだ。尤《もっと》も、右足は白い布でぐるぐる巻きなので、革のスリッパみたいなものを履いているが。

愛翔がしげしげと靴を眺めているので、イネスが説明した。

「それはヤギの皮だ。軽くて柔らかいだろう」

「ほんとに！　こんなの初めてだ」

「セルジオールの民の技術は素晴らしい」

職人手縫いのシープスキンなんだ。どうりで……節約していたから就活するまで革靴なんて買ったことがなくて、なんだかはしゃいでしまった。

「気に入ってもらえたならばよかった。ところで、先ほどの話の続きだが」

イネスが早速話を切り返してきたので、愛翔は我に返った。

(俺、何をはしゃいでるんだ)

まったく……と思いながら、テーブル越しにイネスに向き合う。

同衾問題は取りあえず横に置いておき、話は『愛翔がイネスの魂の番になったとして』という前提で仕切り直された。セアはモルトに寄りかかり、気持ちよさそうに寝てしまっている。

「その前に、聞きたいことがあるんだけど」

「なんだ？」

イネスは淡々と応じる。ずっと違和感を感じていたことだ。

「俺とセアはなぜ、いきなり言葉が通じたんだ？」

ここは異世界だ。彼らが日本語を話しているとは思えない。それなのに、気がついたら普通にイネスと会話していたのだ。

「おまえは、私によってこの世界に召喚された。それは、ここセルジオールに縁のある者だというあかしだ。セアもそうだろう、だから言葉が通じたのは当然のこと」

イネスは事もなげに答えた。妙に説得力があった――確かに、呼吸をするように会話をしていたのだから。そう思うと、少し怖くなった。

「それは、おまえが魂の番だからこそ。陰の剣の使い手となって、私とともに戦うさだめなのだ」

イネスは話をそのままスライドさせた。

「具体的には、魔界に乗り込み、陽の剣を奪還してほしい。そのためには、まず魔界の結界を破らねばならないが、私たち神官の力を持つ者は、魔の領域に入ると力を失うどころか、身体が焼けただれる」

すさまじい話だ。愛翔は目を背けたくなった。

「だが、陰の剣の使い手は結界を破ることができるという。陽の剣を取り戻したあとは、二本が共にあることで、再び、祈りによって世界の均衡を保つことができるのだ」

「ちょっと待って」

愛翔は怖々訊ねる。

「魔界っていうのはその……魔女がいて、裏切り者の男がいるんだよな。その魔女に、魔法で攻撃されたりするんだよな」

「いかにも。魔女の他にも、下級な魔物がうじゃうじゃいて邪魔をする。サルスは神官力は消え、魔力ももたないが、元は人間、剣技に長《た》けていると聞く」

「……その全てと戦えと？」

「そういうことになる」

「そんなこと俺には絶対に無理だ！　この世界を救うなんて」

魂の番の役目を改めて聞いた愛翔は反発していた。再び異世界にやって来て、愛翔を待っていたのは、淡い初恋の思い出とはほど遠い、想像もできないような戦いに挑むというミッションだったのだ。

「俺は元の世界ではごく普通の、どこにでもいる大学生だったんだ。急に呼び出されて世界を救えと言われたって、納得できるわけがないだろう？」

椅子から立ち上がってテーブルに手をつき、愛翔は訴えるが、イネスは涼しげにかまえたままだった。

「普通とか、大学生とかやらが何かはわからぬが、それができるからアイトはここへやって来たのだ。陰の剣の使い手として」

「剣なんて、見たことも触ったこともないし」

愛翔はそっぽを向く。ゲームのように、いきなり剣士になんてなれるわけがない。いや、ゲームだって様々な試練を乗り越えて、やっと剣士になるというのに。

「必要なのは、陰の剣との共鳴だ。剣技ではない」

共鳴ってシンクロするってこと？　剣と？　愛翔の中で、話はますます現実離れしていく。

「共鳴するには、多少の訓練は必要だがな。共鳴したあとの陰の剣の力については、未知数なのだ。使い手の能力を反映し、引き出せる力は無限だと言われているが、これまで、陰の剣の使い手となった者はいない」

「いない……？」

「陰の剣は陽の剣とともに、ずっとこの神殿にあった。それを、父上と私の代で奪われたのだ。恥ずべき不名誉だ」

二人の感覚は平行線のままで、交わりそうにない。それが必然だというイネスと、あまりにも自分の感覚とずれていて現実として考えることができない愛翔と。

「まあ、座れ」

立ったまま腕組みをしていた愛翔は、言われるままにどさりと椅子に座り込んだ。その反動で右足が痛む。だが、愛翔は痛いと言わなかった。腕組みを解く気にもなれない。

「ひとつ、聞きたいことがある」

イネスは静かに訊ねてきた。

「どうぞ」

愛翔は幾分、慇懃無礼《いんぎんぶれい》に答えた。だが、その言い方も言葉も、我ながら嫌味っぽくて感じが悪いと思う。そんな自分に、さらに苛々《いらいら》してしまう。

「先ほど言っていた、なぜ誰とも番いたくないのかということだ」

ああ、さっきセアが割り込んできたんだった。愛翔は苦々しげに答える。

「それは、そもそも俺は自分がオメガであることが嫌だからだよ」

「なぜ？」

俺が「いろいろ」ばかりなら、イネスは「なぜ」ばっかりだ……愛翔は、なんと説明すればよいのか迷った。

「オメガは男女性を問わず、命を生み出すことができる。尊いバースではないか」

この世界では、オメガは存在自体を軽視されていないのだろうか。そんなことを思う。

発情するなんて獣みたいだとか、男なのに孕《はら》むなんて気持ち悪い……とか。

（それに、異世界の男に俺の生い立ちを語ったところで理解してもらえるわけ……）

愛翔は黙ってしまう。

「とにかく俺は誰の番にもならない。剣と共鳴して世界を救うなんてあり得ない」

『なぜ？』の答えにはなっていない。

ただ、この世界で会えるものならば、あの時助けた女の子に会いたい。このセルジオールとやらに思い入れがあるのはそこだけだ。もしこれが地球を救うということであったら、がんばったかもしれないけれど……。

だが、それはイネスに言うべきことではないと愛翔は思っていた。たとえ自分に思い入れがなくとも、誰かが大切に守っているものと比べることはしてはならない。俺はそんな人でなしじゃない……。

イネスは一瞬、とても哀しそうな顔をした。その表情を愛翔は無視しきれない。だが、イネスの表情はすぐに和んだものに変わった。

「しぇあ、おっきちた」

セアがむくりと起きて、イネスの足元にとことこやって来たからだ。愛翔ではなく、イネスの側に。イネスはセアを抱き上げた。モルトもあとをついてきて、イネスの足元で「伏せ」をしている。

（……？）

二人と一匹のその図が、神々しい輝きを放っている。

愛翔は、高校の課外活動で美術館へ行った時に観た宗教画を思い出した。

天使の祝福を受けながら、幼子を抱く聖母像。絵画に興味のない愛翔でも見入ってしまうほどに、その絵画は独特のオーラを放っていた。

目の前の二人と一匹の図は、さらに神聖な、神秘的な光を放っているように感じる。見間違いか？　愛翔は目を擦《こす》った。

（セアが生まれた時にジュンが見た光って、こんな感じだったのかな……？）

「赤子はここが気に入ったようではないか」

セアはイネスに抱っこされて超ご機嫌だ。セアが俺以外のやつに抱かれて笑っている……セアの居場所は、俺の腕の中だったのに。あれは、俺の役目だったのに。

漠然とした不安とともに、哀しいような悔しいような、腹立たしいような気持ちが押し寄せてくる。

「赤子じゃない、セアだ……」

憮然としながら答えた愛翔に、イネスの口調は、一転、熱くなった。

「魂の番は抗えるものではない。おまえは人々が苦しんでいるのを見過ごして帰るというのか？　俺も、セルジオールも、陰の剣も、おまえでなければいけないんだ。おまえが必要なんだ」

愛翔を貫くような視線が熱っぽかった。口調も、一人称もがらりと変わっている。そんなイネスに愛翔は圧され、椅子に座ったままあとずさる。

アルファにおまえが必要だと言われる。おまえでないとだめなんだと……。

愛翔の中にあるオメガの本能がうずうずとしているのがわかる——振り切ろうとしながらも、自分という存在を求められる熱に、気持ちが緩んだ。

（こんなに、誰かに必要とされたことがあったか——？）

揺れ動く感情が忙しい。

だが、愛翔はやっぱり反発してしまう。ロールプレイングゲームのダンジョンに入り込んだような、途方もない話、そしてセアのこと。必要だと言われながら、あの神々しい図の中に、自分はいないということ。

愛翔は言い切った。

「無理なものは無理なんだよ」

＊＊＊

「今すぐ元の世界へ帰りたい」

「無理だ」

「何が無理なんだ？」

「帰す方法は知らない」

「知らないって……だったら調べろよっ。神官王なんだろう？」

「そもそも帰すわけにはいかない」

　この虚しい会話が、ここ数日のうちに何度繰り返されただろう。愛翔は疲れていたが、やっぱり訊ねずにはいられないのだ。その間も、セアはますますイネスに懐き、モルトと仲良しになっている。そのことが愛翔を苛立たせていた。

　今日もイネスは淡々と語る。先日の熱っぽい視線と口調はなんだったのか。幻でも見ていたのだろうか。

「『旅人』ではあるまいに、まさか異世界から番が現れるとは予想もしていなかったのだ。それに、魂の番のオメガを手放した神官王はいない。私の父の番も男性オメガだったが、子どもの私から見ても仲睦《なかむつ》まじかった」

　家族のことには触れたくない。愛翔は話題の方向を変えた。

「『旅人』ってなんだ？　他にも異世界からやって来た者がいたのか？」

「やれやれ、耳聡《みみざと》いな」

　イネスは苦笑する。愛翔は嬉々《きき》として、イネスと向かい合っていたテーブルに身を乗り出した。

「やっぱりいるんじゃないか」

「まあ聞け」

　イネスはノリノリの愛翔を片手で制した。

白魚のような……というのは女性に対する表現だが、立派な体軀《たいく》をしているのに、節くれひとつない、しなやかできれいな指だ。……てか、男の指に目を奪われてどうする！

「『旅人』というのはセルジオールで古くから伝わる伝説だ」

伝説でもなんでも、帰るためのヒントになるかもしれない。愛翔は「それで？」と先を促した。

「遙か昔、優れた神官の力を持ち、異なる世界を行き来するという特殊能力を持つ男がいたという」

やっぱり！　愛翔は心の中でガッツポーズ。

「本当にアイトは思っていることが顔に出るな」

イネスは渋面だ。

「俺のことはいいから！」

愛翔は目を輝かせる。仕方ないな、という風情でイネスは続きを語り始めた。

「だが、その男は自分の力に慢心し、驕《おご》り、時の神官王を倒して魔族と手を組み、セルジオールの王になろうとした。結局、彼は戦いに敗れ、神の怒りを買って、『永遠に彷徨《さまよ》い続ける』罰を与えられたという」

「それは、不老不死になったということか？」

「そのような生易《なまやさ》しいものではない」

イネスは眉をひそめる。

「ひとつの場所に留《とど》まることを許されず、時空を超えて永遠に彷徨わねばならないのだ。男は悔い改め、様々な時代や世界で、世のため人のために良き行いをするようになったという。だが、誰もその姿を知らず、人々はその男を『旅人』として語り継ぐようになった。真偽も定かでない言い伝えだ」

「……もし、俺がその『旅人』だったらどうする？」

「いや、おまえは違う」

「だって、現に俺は時空を超えただろう？」

きっぱりと否定されて、愛翔は言い返さずにはいられない。だが、イネスは表情も変えなかった。

「おまえは俺の魂の番だから。俺が呼び寄せた。俺だから呼ぶことができたのだ」

表情そのままに神官モードから俺モードに変わる様は、迫力……というより凄《すご》みが感じられた。その圧に抵抗するように、愛翔はまた言い返そうとした……が――。

俺が異世界に来たのはこれが初めてじゃない。バラ園で女の子を助けたあれが最初だ。おまえに呼ばれたのが初めてじゃないんだ。

——思わずそう言いそうになったが、寸前で思いとどまった。

あの時のことを言えば、イネスはとやかく聞き出そうとするだろう。

そうしたら、あの場所を探せなくなる。あのバラ園から戻れたのだから、あの場所に何か鍵《かぎ》があるんじゃないか。あの時、背後に見えていた山はアラント山に似ていると思う。霧がかかって、不気味で……だから、あのバラ園もセルジオールにあるはずだ……。

愛翔は心臓の辺りで、片手をきゅっと握りしめた。

あの女の子にまた会いたい。俺が異世界に呼ばれる運命だったなら、ここでなく、イネスでなく、あの子に呼ばれたかった。

「……」

イネスは急に黙ってしまった愛翔の肩を捉《とら》えると、突然、背中を壁に押しつけた。さっき白魚のようだと思った手が、愛翔の身体の自由を奪う。イネスは両の手のひらを壁に押し当てた。

「な……何するんだよ」

愛翔はイネスの腕と壁に囲まれた狭い空間で抗った。

『壁ドン』というやつ……？　神官モードから俺モードに変わった時のイネスはやばい。目を合わせてはならない。オメガの本能がそう告げていた。愛翔は思いきり顔を背けるが、顎《あご》を捉えられてしまう。

「おまえは俺の番だ。離さない」

炙《あぶ》られるような視線だった。イネスから独特な香が匂い立つ。そして花のような香は、自分からも――。

「こんな、甘い匂いを発しているくせに」

イネスに問い詰められ、愛翔は混乱する。これが俺のフェロモン？　嘘だ。だって、強力なオメガ抑制剤を飲んでいたのに？

だが元の世界に戻らなければ、今後、オメガ抑制剤を飲むこともできない。

そのことに今更ながらに気づき、愛翔は愕然《がくぜん》とする。このままではヒートを迎えてしまう。そうしたら、俺はきっと抗えなくなってしまう……。

「アイト……」

不意に優しく呼ばれ、さらに胸がざわつく。

呼ぶな、そんなふうに呼ばないでくれ――。

近づいてきた唇を、愛翔は懸命に顔を背けて拒絶した。こんな抵抗など、簡単にねじ伏せられてしまうに違いないと思っていた。きつく目を瞑り、固く唇を閉じ……だから、イネスの美しい貌が淋しげに歪んでいたことを愛翔は知らなかった。

このままこの男に組み伏せられてうなじを噛まれ、番になって剣でこの世界を救う？

――冗談じゃない。

「俺は、おまえの番にはならない！」

目を開け、睨みつけながら言い捨てると、イネスは黙って腕の檻《おり》を解いた。無表情と言っていいほどの冷えた視線をかわし、愛翔はイネスを残してそのまま逃げるように走り去る。

「セア！　どこだ？」

イネスの部屋を出てセアを探す。セアは庭に面した石造りのテラスで、モルトと遊んでいた。この世界の服を着たセアは、赤いとんがり帽子も被《かぶ》って、まるで童話に出てくるこびとのように可愛い。この世界の子どもたちに紛れても、きっとわからないくらいに、風景にしっくりと馴染《なじ》んでいるのだ。

ここへ来てからというもの、セアとモルトはいつも寄り添っている。いくら動物好きだとはいえ、まるで会話ができるかのように『神獣』と触れ合っているのだ。

「なーに？」

「帰るぞ」

にこにこ顔で振り向いたセアの目がさっと曇る。モルトも、ぴんと耳を立ててこちらを向いた。

「とにかくここを出るんだ。さあ、早く」

「やーのっ！」

じたばた暴れるセアをモルトから引き離し、おんぶしようとするが、さらに抵抗される。

「やー！」

なんだよ、どうしてそんなにここが気に入ったんだ。いつも俺にべったりだったのに！

セアを抱える愛翔に向かい、モルトが低い唸《うな》り声を上げた。低周波のように、キーンと脳に響く唸り声だった。

セアを返せと言っているのか？　モルトの目は光り、さらに愛翔を追い詰める。セアもモルトに向けて、一生懸命に腕を伸ばしていた。

「モウトー！」

「じゃあ、おまえはここにいろ！」

自棄になって、愛翔はセアを床に下ろした。さっとモルトが寄り添う。自分を見上げる丸い目に、愛翔は言い放っていた。

「ずっと一緒にいた俺よりも、おまえはイネスやモルトの方が好きなんだもんな」

自分の放った言葉に傷つく。泣けそうだった。おまえだけは俺を裏切らないと思っていたのに……。そして、こんな小さな子どもに八つ当たりしている自分が、心底嫌だった。

「アイちゃ、らめー!」

背中を向けた愛翔の背に、セアが叫ぶ。

「いった、らめ!」

何がだめなんだよ。俺は行く。あのバラ園を探して、元の世界に帰るんだ。

イネスも、セアも、モルトも、そこにある全てを振り切るように、愛翔は城を飛び出した。


遠く、霧をまとった高い山が見える。

他に山らしいものは見えない。あれがアラント山に違いない。かなりアバウトな目当てだが、愛翔はその山を目指して歩き始めた。

城の外は荒れた野原が広がっていた。道沿いの草に花はなく、枯れ草を踏みしめ、愛翔は進んだ。

ここへ来て、一週間くらいが過ぎただろうか。

挫いた足は、まだ腫れは残るが痛みは引いていた。だが遠い距離を歩いたら、痛みがぶり返すかも……。そして、服装がこの世界のもののままだと気づいたが、召喚された時に着ていたスーツでは、却《かえ》って目立つだろう。

そんなふうに現実的なことを考えるほどには頭が冷えて、愛翔はかなり無謀なことをしていると自覚していた。

遙か遠くに見えるあの山に近づくには、いったいどれほどかかるのか想像もつかない――しかも、水も食料も持っていないのだ。飢え死にする方が早いかもしれないと思ったら、ひゅっと心臓が冷えた。だが愛翔は歩き続けた。今、自分はそうすることしかできないのだから。

城は、王都のはずれにあるのだとイネスは言っていた。

人々が住まう街は城から見下ろす丘陵地帯に広がっていて、テラスからその風景を見ることができた。その時は、世の均衡が崩れているなど想像できなかったのだが、こうして城の外を歩いていると、イネスの言っていたことが実感できた。

川をいくつか渡ったが、水はなく干上がっていた。丘陵はやはり荒れていて、林も立ち枯れている。麦畑らしきものも見かけたが、地面にはひび割れができていた。

（雨が降っていないのか……）

作物は育たず、魚なども捕れないだろう。イネスは、城と神殿の備蓄を民に分けているとアニスが言っていた。

——俺がこの状態を救うことができたのか？

立ち枯れた木立の前でふと立ち止まったが、また歩き出す。

(そんなこと無理だ。できるわけがない)

俺は、世界を救うなんていう、想像することもできないミッションから逃げているのか。

出会ったばかりの男に抱かれ、オメガとして番になることから逃げているのか——。

急に罪悪感が押し寄せる。オメガを捨てたいという個人的な思いが、ひとつの世界を滅ぼすことになってしまうのだとしたら？

魂の番というのは、出会った瞬間に惹かれ合うのだという。

(でも、イネスだってそんな感じじゃなかったし……あれ？)

急に、身体が思うように前へ進みにくくなった。水の中を歩いているような抵抗感だ。

「なんだよ、これ」

水をかき分けるように、空気をかきながら前へ進む。その感覚はだんだん強くなり、やがて愛翔はその抵抗感に身体を弾《はじ》かれてしまった。

目の前の空気は濃く、だが、その向こうにアラント山とおぼしき山が見えた。先ほどよりも、ずっと近くに。

「！」

愛翔は思わず、その空気の塊に手を伸ばした。ドアのように押してみると、今度は弾かれることなく、それどころか、ふっと身体が吸い込まれた。

とたんに目の前に広がった風景は、覚えのあるものだった。迫る山、乱立するバラの樹、むせ返るような甘い香り。それしか覚えていないけれど――。

「ここって……？」

愛翔は目を疑った。ここは、あのバラ園じゃないのか？　子どもの頃に迷い込んで、そしてあの子に出会った――？

子ども心にも禍々《まがまが》しく感じた、赤黒いバラが咲き乱れている。少女が蔓で囚われていた、大きな樹もそのままだ。

（来たんだ……。やっぱりここはセルジオールだったんだ……）

「何者ぞ？」

足元で耳障りな声がして、ぎょっとして下を見ると、何やら黒い生きものたちが、うようよと蠢《うごめ》いている。これが、うじゃうじゃいるという魔物だろうか。

「どうしてここへ入った」

違う黒いものが問う。小さな角があったり、牙《きば》があったりするが、皆、スライムのように地を這っている。

「何人《なんぴと》もこの結界は破れぬはず。おまえは何者だ」

問われても、なんと答えればいいのかわからない。結界というのはイネスから聞いている。だが、俺はこの世界で何者なんだ？

訪れたことがある場所とはいえ、以前とは状況が違いすぎてパニックになりそうだ。

ぞわぞわと足元にたかる黒いやつたちを振り払おうとしながら、愛翔はなんとか、今ある状況を説明した。

「俺はアイト。このバラ園を探してたどり着いたんだ。離してくれ」

黒いものたちは、さっと魔法陣のように愛翔を取り囲んだ。

「怪しいやつ。ユリアナさまに差し出そう」

「差し出そう」

（ユリアナ？）

イネスが話していた魔女のことか？

その時、長く伸びた黒い腕がシュッと四方から飛んできて、愛翔の身体に巻きつこうとした。愛翔は振り払おうとしたが、黒い腕は、愛翔の身体に触れるやいなや、かくんと、あるいはするりと勢いをなくして地に落ちた。

「こいつ、魔を跳ね返すぞ！」

黒いものたちは、わらわらと慌て出す。そんなことがあるかと何度も伸びた腕が飛んでくるが、やはり全て地に落ちる。

「何者だ」

「何者だ」

「うるさい。役立たずめらが、あちらへ散るがよい」

「ユ、ユリアナさま！」

黒いものたちが慌てながら地を這っていく中、ひとりの女性が声とともに現れた――本当に、声とともに突然、目の前に現れたのだ。歩いてきた気配もない。アニメの画面が切り替わるように、自然に。

愛翔は目を瞠った。

（ユリアナ？　彼女が？）

絶世の美女というものを見たことはないが、彼女はすごく美人だと愛翔は思った。黒いドレスの裾を引きずり、先が尖《とが》った黒い帽子の頂点から、黒く長いベールが垂れ、鞭《むち》を手にしている。

テーマパークで見かけたなら、白雪姫の継母のコスプレかと思うだろう。だが今、異世界セルジオールで見る魔女はリアルだった。冷たく厳しい表情、闇《やみ》を背負ったようなオーラ、周囲の空気は冴《さ》え冴《ざ》えとしている。……ああ、魔女だと愛翔の中にすとんと落ちる。俺は魔女と対峙《たいじ》しているんだ。

それほど怖いとは感じなかったが、背中がすうっと冷たくなった。

「おまえは何者だ」

黒いやつらと同じことを問う。青いアイシャドウの奥の目が、ぎらりと光る。

「ア、アイト……」

愛翔は素直に答える。さっきのやつらとは威厳が違う。低い声が嫌でも鼓膜を震わせる。昔、イネスを攫い、聖剣の片割れを奪った魔女だと思うと、今更ながらに漠然とした恐怖が押し寄せてきた。

「どうやってここへ入った?」

「あの……空気の塊みたいなものを通って……」

愛翔の答えに、魔女の眉が跳ね上がる。彼女は無言のまま、持っていた鞭を愛翔めがけて振り下ろした。

(やられる!)

一瞬、恐怖で目を閉じる。だが、鞭は愛翔を打つことなく、その場にだらりと落ちた。

「あ……」

さっきと同じだ。なぜなのかはわからないが、ほっと胸を撫で下ろす。だが、目の前の魔女は見るからに怒りに燃えていた。

「なぜ、鞭が効かぬ？」

わなわなと怒りに震えながら、魔女は問う。

「なぜ、妾の結界を破ることができたのだ！」

「わ、わからない」

魔女の迫力に圧されながら愛翔は答える。何もかも、こちらが教えてほしいくらいだ。

「結界を破ったということは、セルジオール側から来たのか？」

魔女の少し後ろに控えていた初老の男が、しわがれた声で訊ねた。黒いマントを身にまとい、コウモリを思わせる姿。彼がサルスという男だろうか……彼もまた、いつ現れたのか気づかなかった。

愛翔は黙った。セルジオール側から来たと言えば、セアやイネスに何か仕掛けられるに違いない。魔女ユリアナとイネスには、忌まわしい因縁があるのだから。

「答えぬか」

男は持っていた杖《つえ》で愛翔の顎を持ち上げる。彼は俺に触れることができるのか？

そういえば、ユリアナは一定の距離を保ち、それ以上愛翔に近寄ろうとはしなかった。

「わからない。気がついたら、その、空気の塊みたいなものの中にいて」

下手な嘘でも、半分は本当だった。この世界は何もかもわからないことだらけだ。

「ユリアナさまの結界が破られたのは、あれ以来ですな……？」

男は愛翔を後ろ手で縛り上げたが、それ以上、愛翔に答えを追及することなく、魔女に話しかける。魔女は殺気さえ感じるような目で、愛翔を睨みつけた。

「昔……妾の大切な、可愛い花婿をここから逃がした不届き者がいたが……」

「は、花婿？　逃がした？」

イネスのことだ。愛翔は思わず訊ね返していた。

「そうだ。まだいたいけな幼子だった。妾は時が来るまで、このバラ園で大切に慈しむ気でおったのに、何者かに逃がされたのだ」

魔女は昔語りを始めた。

違う――。

このバラ園で囚われていたのは、俺が助けたのは女の子だった。「助けて」って呼ばれて、俺が現れたら泣いていた。ふわふわしたドレスを着ていた。イネスじゃない。

愛翔は混乱した。女の子だったはずだ。銀の髪をリボンで結わえて、目の色は……目の色はどうだったか。

「少女のように愛らしく、さぞ美しく成長するだろうと思っておったのに……それを」

（まさか）

魔女を前に、考えがぐるぐる回る。ユリアナは、愛翔に残忍な笑みを投げかけてきた。

「おまえがその者だとしたら、到底、許しておくことはできぬな。いずれにしても、魔が効かぬ者など排除すべき、そう思わぬか？」

「……っ」

美しくも禍々しい笑顔。愛翔の背中に冷たい汗が伝う。

「サルス」

イネスの父親を裏切った弟の名だ。やはり、彼はサルスだったのだ。

「はっ」

「吊《つ》るしておけ」

「御意」

魔女ユリアナは黒いベールとともに、さっと身を翻したかと思うと、愛翔の視界からふっと消えた。現れた時と同じように。

サルスが手を打ち鳴らすと、屈強な男たちが数人現れた。彼らはみな、顔に黒い鉄仮面を被り、短い上着にブーツを履いて、剣を携えている。やはり黒ずくめだ。

(兵士だろうか)

彼らに身を拘束され、愛翔は何をされるのか不安でならなかった。彼らは、サルスと同じように愛翔に触れることができる。叫び出しそうに怖かった。吊るすと言っていたが、殺されるんだろうか……。

「イネスのことになると、ユリアナさまはご機嫌が悪くなる。おかげでこちらは八つ当たりを受けねばならぬわ」

それは愚痴なのか。鎖で身体をぐるぐる巻きにされる愛翔に、サルスはひとりごとなのか、話しかけたのか、いずれにしても面倒くさそうだった。

愛翔は黙っていた。怖いのと……そして、せめてイネスに火の粉が降りかからないようにと、何も言うまいと必死だった。イネスのところには、セアがいるのだ。

「ようし、吊るせ」

鉄仮面の男たちにより、イネスは鎖で大きなバラの樹の上から吊り下げられてしまった。ここにあるバラは、前に見た時よりもずっと大きくなっている。まるで大木だ……棘のある蔓は、枝のように四方八方に伸びている。

愛翔は手の自由を奪われ、頭が下を向いた状態だった。映画でこんなシーンを観たことがある。マフィアの抗争で、ギャングがこんなふうに吊り下げられて、そのあとは――。

ぎゅっと目を瞑る。サルスの声が、下の方から聞こえてきた。

「おまえにはバラの魔力が効かないゆえ、魔力を帯びない道具で身を吊るしてある。獣が囓《かじ》ろうとも、びくともしない代物だ。ユリアナさまはイネスを奪われてから、魔が効かぬ狼藉者《ろうぜきもの》のために、特別にこうした道具をいろいろ作らさせたのよ。わざわざ、職人をセルジオールから攫ってな。だから逃げられるなどと思うなよ」

サルスは愛翔の様子を見て、いささか機嫌が直ったようだった。楽しそうに悪趣味な話を続けるが、彼はお喋りが過ぎるようだった。

「普通の人間や魔族であれば、バラの魔力に生気を吸われ、魔鳥たちに身体を食われるのだがな、まあ、おまえはせいぜい衰弱して飢え死にするくらいだろうよ。おまえのような者は初めてだから、どうなるかわからん」

楽しそうなサルスの話を、愛翔は絶望的な思いで聞いていた。やがて彼らが行ってしまうと、愛翔は長い、長いため息をついた。

魔界には、サルスの他に兵士たちなど、俺に触れられる者と、触れられない者がいるのか……。

このことをイネスは知っているのだろうか。もしかしたら、陽の剣を奪い返すヒントになったかもしれないのに……。

(魂の番にしかできない、陰の剣とのシンクロ、そして魔力が効かないらしい、俺自身)

ああ、やっぱり俺にしかできないことだったんだ。陽の剣の奪還は。

今更、どうしようもないことだが、愛翔は初めて、イネスに謝りたいと思った。

運命だかなんだか知らないけど、もっと、この世界に呼ばれた意味を真摯《しんし》に考えるべきだった。ここへ来るまでに、荒れ果てた大地を見たことも大きかった。自分は飽食の世界で何不自由なく暮らしていて、そのことが、どれだけありがたいことであったのかも……。

そして。

(イネス、おまえ、あの時の女の子なのか?)

助けたらキスをしてくれた。また会おうね、助けてね、って言って、確かにまた会えたけれど、でも——。

愛翔は強く頭を振った。胸が痛い。とても痛い。これ以上考えたら、身体より心が先に死んでしまいそうだった。

（結果的に、セアを置いてきたのは正解だったな）

それだけが唯一の救いだった。セアは自分よりもずっと、この世界に馴染み、イネスもモルトもいてくれる。みんなに見守られて成長していくだろう。

——そしてきっと、俺のことなんて忘れてしまう……。

涙が湧《わ》いてくる。だが、自業自得なんだ。俺が怒って勝手なことをしたから、こうなったんだ。

イネス……。

反発ばかりして、悪かったと思う。

だが、今こうして生死の境に立たされてさえも「発情したくなかったんだ」という思いは残る。そんな自分に呆れた。

目を凝らすと、結界はそこにあることはわかるのに、それは濃い霧のように愛翔をセルジオールと隔てて、何も見えない。

（もし、このまま俺が死んだら……）

愛翔は茫然《ぼうぜん》としながら思った。

せめて、大地を潤す雨が降ればいいな……。

3

「あっち！　あっち！」

モルトの背で、セアが懸命に小さな指を差して方向を示す。イネスはその後ろで、モルトに指示を出す。

「モルト、右だ！」

二人を乗せた神獣モルトは、まるで嵐のような速さで地を駆けていく。イネスとセアは愛翔を探すために、城を出たのだった。

『アイちゃ、いったった！』

セアは一生懸命に、愛翔が出ていってしまったことをイネスに伝えた。その必死な様子から、イネスはセアの訴えを理解して青ざめ、セアを抱いてモルトに飛び乗った。とたんに大きくなったモルトの姿にセアは目を丸くし、驚いていた。

『モルト、おっき！』

『そうだ、モルトはいざという時、身体を大きくできるのだ。走る速さもすごいのだぞ。

これからモルトに乗ってアイトを助けに行く。出ていった方向はわかるか？』

『んっ！』

発する言葉は幼いが、セアは他者の言うことをしっかり理解する。

こんな幼子は見たことがないと、イネスは考えていた。モルトとすぐに親密になったことといい……これは、ただモルトがセアに懐いたということではないのだ。セアは神獣モルトと、たちまち共鳴したのだった。

（セアには、セルジオールに関して、何か秘められた力があるのかもしれぬ）

そうでなければ、アイトとともにこの世界に来ることはできなかっただろう。途中でセアだけ弾かれていたはずだ。いや、セアについてはまた考えればいい。とにかく今はアイトだ。

モルトは愛翔の匂いをたどり、セアもまた、愛翔の気配がわかるようだった。

いくつか丘陵を駆け抜け、元はセルジオールの食物庫とうたわれた、大きな穀倉地帯を通り越す。水不足のために、今そこに金の穂はなく、イネスの心は締めつけられた。

均衡を失ったこの世界を、なんとかしなければと焦っていた。魂の番を召喚し、まさかその相手に番となることを拒否されるなど、思いもしなかったのだ。

もう少し、愛翔の驚きや戸惑いに歩み寄るべきだったとイネスは後悔していた。神官王の自分に反発する相手がいようなどとは思いもしなかった。そんな、自分の傲慢《ごうまん》さにも気づかされた。

（だが、この世界には、おまえが必要なのだ）

そこを譲ることはできない。

彼が言う愛だとか、発情したくないとか、交わってしまえばそんな杞憂《きゆう》は消える。本来、オメガとアルファは惹かれ合うもの。魂が求め合う番であるならなおのこと。私たちは愛し合う運命なのだ。

そこが伝わらないのがもどかしい。そんな跳ねっ返りではあるが——。

（そういうところも好ましい）

そんなことを思っている自分もいる。アイトが聞けば、頭から発火するだろうが……。

——アイト。

過ぎ去っていく景色を風で感じながら、イネスはその名を嚙みしめる。

（どこにいる。このまま行けば……）

確実に、魔界との境界に向かっている。そして、モルトだから神速で翔けることのできるこの距離を、わずか数時間で歩いたなどと……。

小さな単位で時空を超えたとしか思えない。きっと、自分で気がつかないうちに。

本当に、『旅人』じゃあるまいし……。

空気は濃く、淀《よど》んでくる。魔を受けつけられない神官の身としては正直、息苦しい。モルトにも負担がかかっているだろう。だが、セアは平気なようだ。

「ここっ！」

立ち枯れた大木の下、セアのひと声で、モルトは前足を踏ん張って立ち止まった。

「アイちゃ、ここっ」

セアが指差すのは、空気の塊でできた、分厚い壁だった。一見は透明に見えるが、先へ進もうとするものを撥《は》ねつける、魔界とセルジオールの結界だ。

「よし、よくがんばってくれたな、セアもモルトも」

セアの頭を撫で、モルトの首筋を掻《か》いてやりながら、だが、イネスは信じられなかった。

（ここから先は魔界だぞ。アイトがこの中にいるというのか？）

中へ入るには結界を破らねばならない。それとも、何かに引きずり込まれて……？

思った矢先に、セアはとことこと進み出て、拾った枝で結界を突っついた。

「やめろ、セア！　結界に跳ね返され……」

「んしょ」

ところが、セアは突っついた場所に腕を突っ込んだ。穴が開いたのか？　そして、セアはその中へ入ろうとしている。

「セア！」

引き戻そうと結界に近づくが、やはりイネスは跳ね飛ばされてしまった。そうしている間にも、セアは結界の中へと入り込み、歪んだ空気の向こうで、イネスに向かってにこにこと手を振っている。

（そんな……）

結界を通り抜けるということは、魔が効かないということだ。イネスは目を瞠った。そしてまた驚く。

「だあっ！」

早速、足元にうようよと蠢いてきた魔物たちに対し、セアは怖がるどころか、持っていた枝をひと振りした。すると、魔物たちは塵になってしまったのだ。

「セ、セア……？」

今私は何を見たのだ？　イネスは我が目を疑った。

セアは下級魔族たちを一瞬で滅ぼしたのだ。いったい、今の『だあっ』というのは呪文《じゅもん》なのか？　モルトも驚いたようで、「きゅーん」と鳴き声を上げている。

「バースが定まっていない子どもは聖なる力が強いというが、まさかこれほどまでに……。

セアはまた、特別なのか？」

　思い当たることはいくつかある。だが、まさか幼いセアをひとりで魔界に行かせるわけにはいかない。そして自分がこの中に入れば、神官の力は失われてしまう。自分が今、神官の力を失うことはできない。

　一方で、愛翔を早く見つけなければと心が逸《はや》る。陽の剣もここにあるのだ。考えあぐね、イネスはセアに呼びかけた。

「セア、とにかく戻れ！」

「だいじょぶ」

　だが、セアはにこっと笑って、まるでピクニックにでも行くかのように、足取りも軽く魔界の中を歩いていく。セアが入り込んだことで浄化されたのか？　淀んでいた結界の空気は次第に澄み始め、イネスは結界の向こうにバラ園が広がっているのを見た。

（ここは……）

　イネスは絶句してその場に立ちすくんだ。

　乱立するバラの大樹、赤黒く禍々しい花園。ここは子どもの頃、魔女ユリアナに囚われていたバラ園に違いない。

　囚われていた時の哀しさ、淋しさ、不安、あの気持ちは生涯忘れることはないだろう。

その、囚われの自分を助け出してくれた少年がいたのだが、自分がそのあと、どうやって結界から逃げおおせたのか、その辺りの記憶になると曖昧《あいまい》なのだ。魔界に囚われていたせいで、神官の力も体力も限界だったのだろう。

そして、あの少年はどこから来てどこへ行ったのか。不思議な武器を持っていた……。

いや、郷愁に囚われている場合ではない。イネスは我に返り、もう一度、セアを呼んだ。

「セア！」

「アイちゃ！」

自分の声と被さって、セアが叫んでいるのが聞こえた。

「アイちゃ、アイちゃ！」

アイトを見つけたのか？　だが、その声はただならぬ様子で、イネスはセアがいる方向へと急いで移動した。もちろん、モルトもあとをついてくる。

「セア、どうした！」

「ネシュ、あっち、あっち！」

セアはぴょんぴょん飛びながら、一生懸命に指差している。その方を見ると――。

「アイト！」

「……イネス？」

結界越し、イネスの視線の先に、バラの樹に吊るされている愛翔がいた。声が聞こえるのも、結界が浄化されているせいだろう。愛翔の弱々しい声もしっかりと聞こえた。

「二人とも、どうしてここが……」

「待ってろ、今すぐ助けてやる！」

結界はかなり浄化されている。セアは魔界にいてもまったく平気な様子だ。それならば。

イネスは賭《か》けに出た。セアがいればもしかしたら――。

「セア、さっきみたいに結界を開けてくれ、俺もそっちへ行く」

「んっ！」

セアは木の枝で結界に穴を開ける。ちっちゃな手で空間をかき開くが、先ほどよりも容易そうだ。

思った通りだ。結界がより浄化されている。イネスは躊躇《ちゅうちょ》することなく結界の壁へと身を投じた。

「バカ！　やめろ。こっちに入ったらおまえは……！」

愛翔の精いっぱいの叫び声が聞こえる。結界に入ってすぐ、多少の息苦しさが襲ってきたが、これくらい、まだ余裕がある範疇《はんちゅう》だ。

「ネシュ！」

セアが伸ばした片手をしっかりと取る。すると息苦しさは嘘のように消えた。

「セア、俺の背に乗れ！」

「んっ！」

着ていたものを引き裂き、おぶさったセアを背にくくりつけると、イネスはついに魔界の中へと飛び込んだ。

押し寄せるバラの香でむせ返るようだが、息苦しさは感じない。だが、セアがいるとはいえ、この状態が長く保てるとは思えない。結界に飛び込もうとするモルトを目で制し、イネスは剣を抜き、吊るされている愛翔のもとへと走り寄った。

「バカっ、来るなって言っただろ！」

愛翔の悲痛な叫びが頭上から降る。セアがいる背中からは、言葉にできない熱のようなものがじわじわと染みこんでくる。

（どうか、魔の蔓に耐えてくれ、剣よ！）

「はーっ！」

「だあっ！」

イネスはバラの樹に剣を振り下ろした。

セアも声を重ね、同じように、持っていた小枝を振り下ろす。剣がめり込んだ樹は片方が傾ぎ、愛翔が吊るされていた頂点の蔓が、バランスを崩してたわみながら落ちてくる。腕を思いきり伸ばし、イネスはたわんだ蔓に両手で剣を振り下ろした。

「アイト！」

剣を放り出し、イネスは落ちてくる愛翔を地面すれすれで受け止めた。

（くっ……）

受け止めた時に、棘が腕に刺さり、焼けるような痛みが走った。

「どうしておまえ……こんな無茶をして！　セアも！」

愛翔は顔面蒼白《そうはく》だった。だが思ったよりも弱った様子ではなく、イネスは胸を撫で下ろす。

「説明は、あとだ……。とにかく急いでここを出るんだ。自分で、立てるか？」

息が切れるようになってきた……膝の上で抱きかかえたままの愛翔に問うと、愛翔は急に真っ赤になった。

「立てるよッ！」

愛翔は少しよろけながらも自分で立ち上がった。両手の自由を奪われ、鎖が巻かれた身体を添えるようにして、イネスを支える。

「俺よりも、おまえの方が早くここを出ないと！　セアは大丈夫か？」

「んっ！」

セアは元気な声で答える。だが、イネスは――。

「大丈夫だ……」

「青白い顔して何言ってるんだ！」

「はは……」

「何が可笑《おか》しいんだよっ」

愛翔は泣きそうな顔をしていた。いや、目が潤んでいる。微かだが、甘い香を放っていることに気がついているのかいないのか……そんな愛翔を見て嬉しく思うなど――。

一歩、また一歩、支え合いながら進む。結界はもうすぐだ。だが、行く手を阻むように、鞭がヒュッと地面を打った。

「何事かと思えば……！　おまえたち、妾のバラ園で何をしておる！」

結界が破られ、バラの樹が損傷した。その異常を察して現れたのだろう。そこには憤怒《ふんぬ》の顔をしたユリアナが立っていた。発する怒りのオーラのために、黒いベールごと髪の気が逆立たんばかりだ。

「イネス……愛しの我が花婿よ……久しぶりではないか。我が咎人《とがびと》と何をしておる」

（イネス……）

（かまうな）

ユリアナを無視して先へ進もうとするイネスの足に、鞭が振り下ろされる。とたんに鞭が触れた箇所が火傷《やけど》になり、イネスは膝をついた。

「イネス！」

「ネシュ！」

愛翔とセアは目を瞠る。ユリアナはせせら笑った。

「イネス、おまえは陽の剣なしにここへは入れぬはず。それなのに、その男を助けるために神官王の力を捨てようとして乗り込んだか？　ならばそれこそ好都合！」

再びしなった鞭が空を舞う。その瞬間、セアは愛らしい顔に精いっぱいの怒りの表情で、魔女に小枝を投げつけた。

「だぁ！」

「なに！」

鞭は一瞬で塵となり、ユリアナの足元に落ちる。

「なんだと……？」

ユリアナは茫然と、足元に降り積もった鞭の成れの果てを見ている。やがてそれも地面に紛れるように消え失せた。その隙《すき》に、三人は結界に飛び込む。

「待ちや！」

ユリアナの指先から有象無象の魔物たちが飛び出すが、セアが小枝を投げる方が早かった。ユリアナは、再び塵となった我の魔力を前に立ち尽くす。

結界の外で待ち構えていたモルトは、三人を背に乗せて駆け出した。

「間一髪だったな……」

イネスはふうっと息をつき、セアを背からおろして、愛翔を拘束している鎖を外そうとした。

「これは焼き切らねば無理だな。魔界を出ても魔が解けないということは、これはセルジオールで作られた普通の鎖だ。ほら、セアが持っている枝と同じ」

「ん？」

セアの手には、まだ数本の小枝が握られていた。

「結界の前に落ちていた枝で、セアが結界を破ってくれたのだ。その時にたくさん拾って、ユリアナの魔術を跳ね返してくれたのだな、偉いぞ」

セアはイネスに褒められて嬉しそうだ。えへ、と笑っている。

「そうだったのか……」

「おまえが出ていったと知らせてくれたのもセアだ。方向もちゃんと覚えていて、おまえの気配もわかるようだった。モルトもおまえの匂いを追ってくれた。だから、魔界にたどり着けた」

「セアもモルトも、本当にありがとな」

腕を動かせない愛翔は、言いながら微妙に身体の向きを変えた。かなりのスピードが出ているので、手の自由が利かなくて身体を支えられない分、バランスを取らなくてはならないのだ。

「俺に寄りかかれ」

言ったと同時に、イネスは愛翔の肩をぎゅっと抱いた。愛翔は真っ赤になって抵抗する。

「これは寄りかかるっていうのとは全然違う！」

「落ちるよりはいいだろうが」

そうだけど、そうなんだけど……。

俺モードのイネスは苦手だと愛翔は思う。俺のオメガの部分を引き出して、落ちつかなくさせるんだ。

今だって――。

至近距離で肩を抱かれ、身体をイネスにあずけた状態の愛翔は、身体の芯《しん》が疼《うず》くような感覚を覚えていた。オメガ抑制剤は、単なる発情期の抑制剤とは違う。それなのに、これはどうしたことだ。

「それより、イネスは大丈夫なのか？　鞭に打たれたところは？　魔界に入るなんて……あっ！」

愛翔は驚きの声を上げた。腕や脚など、衣服のところどころが裂け、その部分の皮膚が火傷をしたようにただれている。

「全然、大丈夫じゃないじゃないかっ！」

「だが、セアがいてくれたからこれくらいで済んだのだ。我ながら賭けではあったが、結果よければ全て良し。アイト、おまえの弟はなかなかすごい力を持っているようだ」

これ以上は、城で身体を休めてから話そう、とイネスは目を閉じ、うとうとと眠り始めた。セアもまた、疲れたのだろう、モルトの毛皮にしがみつきながら、すうすうと寝入っている。

＊

（イネス、やっぱりかなり負担だったんだ……）

セアがいたからというものの、命の危険を冒してまで俺を助けてくれたというのに、俺はまた、ありがとうが言えなかった……。

自己嫌悪で胸を抉《えぐ》られる。セアにも、モルトにも言ったのに。

そして、俺が「助けてくれてありがとう」と言ったなら、イネスは尊大にこう答えるのだろう。

『魂の番を助けるのは当然だ』

そして――。

（おまえ、あの時の女の子なのか？　俺が助けた、俺にキスした……）

そう思うと、愛翔の身体の芯は、またきゅっと疼いたのだった。

城へ戻り、愛翔の鎖は壊され、手首に痕《あと》が残ったくらいで特に怪我もなかったが、イネスのただれたような傷痕は、思っていたよりも多かった。

「セアが俺に力を貸してくれたのだ」

「セアにそんな力が……」

愛翔は、イネスが傷を冷やすのを手伝っていた。冷たい水に布を浸し、絞っては傷痕を覆っていく。最初はイネス付きの者がやっていたのだが、愛翔は俺にやらせてくれと申し出たのだった。

変わらずご機嫌で、セアはモルトと戯れている。どこにでもありそうな、二歳児と犬（本当は一本角がある、狼姿の神獣だが）のほのぼのシーンだ。

愛翔はイネスに助けてくれてありがとうと言いたくて、そして彼の傷が心配で、きっかけを掴みたくて手当てを申し出たのだが、イネスの話はセルジオールにおける、愛翔とセアのことについて及んでいく。

「おそらく、アイトもセアも、異世界から来た者には、魔が通用しないのだろう。聞けばおまえも、そしてセアも簡単に結界を破った。そしてユリアナの鞭が効かなかった」

「……吊るされたけど」

少し拗《す》ねたように言ってしまうのはどうしてなのか。このまま「ありがとう」と言えばいいのに。

「あれは、サルスの武力がおまえより勝っていただけのこと。あの男、長い間魔界にいて、すっかりユリアナに飼いならされたとみえる」

「もし、セルジオールの者が魔界に連れ込まれたらどうなるんだ？　神官ではない、一般人が」

「心根も身体も魔に当てられる。そして、ユリアナの駒《こま》になる。対、魔が通用しない者に対してのな。サルスがその筆頭だ」

「ふうん……」

愛翔は布を絞る。――あなた、まじゅつがきかないんだ。ふしぎなひと――あの子の言葉が蘇《よみがえ》る。冷たい布を傷に当てると、イネスは一瞬眉をひそめた。

「沁《し》みるのか？　冷たすぎる？」

「いや、良い心地だ。アイトが俺に優しくしてくれるのだから」

「なに言ってんだよっ……」

口説かれる気分ってこういうの？　イネスはいつまで俺モードなんだろう。

「――だが、異世界人のアイトは魔が効かなかった。よかった……」

不意に優しくなる口調に心がほろっと柔らかくなり、知らず、愛翔は口にしていた。

「ごめんな……」

「なんだ急に」

イネスは不思議そうに目を細める。

「あの、俺、また、助けてもらったのにありがとうって言ってなかった」

「なんだ、そんなことか」

イネスは微笑む。紫の不思議な目の色が、柔らかくなった。

「礼を言ってもらうために助けるわけではないからな。その相手が大切だから助けるのだ。そうではないか？」

「あ、う、うん、そうだな……」

やっぱり口説かれてる……。いや、これは彼の心根から出てくる言葉なのだ。包み込まれるような口調の温かさに思う。

「でも、やっぱり、ありがとうな……」

「ああ」

頰にかあっと熱が集まるのをごまかそうと、よりぎゅっと力を込めて布を絞る。

「アイトにも、セアにも、魔が通用しなくて本当によかった」

イネスの目に優しさが宿っている。本当によかった、繰り返し嚙みしめられた言葉が胸に迫る。

「……」

こんなふうに、誰かに存在を包み込まれることなどなかった。イネスの言葉にいちいち胸が痛くなってしまうのは、きっとそのせいだ。どうやって答えたらいいのか、心がフリーズしてしまうんだ……。そして、その復旧に時間がかかってしまう。

愛翔の心のフリーズを置き去りに、話は進んでいく。

「そしてセアは異世界人の上に、まだバースが定まっていない。この世界ではバースが定まる前の子どもは聖なる力が強いからな、その相乗効果もあるのだろう」

「だからといって、あんな枯れた小枝ひと振りで、黒いやつや魔女の鞭を粉々にするなんて」

「確かにな」

そう言ったきり、イネスは黙り込んでしまった。手当てもひと通り済み、愛翔は手持ちぶさたになる。

なんだろう、セアのことを考えているのだろうか。その横顔は美しいという形容詞がぴったりなのに、雄らしさも発散させている。見つめてしまいそうで、愛翔は目を逸《そ》らした。

どうも、抑え込んでいるオメガ性が不安定になってきている。

「じゃあ、俺はこれで……」

水桶《みずおけ》を手に立ち上がろうとした愛翔は、イネスに肘《ひじ》を摑まれた。

「なんだよ、水が零《こぼ》れるだろ」

「アイ、おまえ発情期が近いのではないか。花の香がするぞ」

「ア、アイって呼ぶな」

急に親しく呼ばれ、愛翔はうろたえた。発情期のことを言い当てられたのは言うまでもなく。

「なぜ？　とても響きがよいではないか。言葉の意味も素晴らしいし」

「俺は自分の名前が好きじゃないって言っただろう。特に『愛』ってのが嫌いなんだ」

「俺はおまえをそう呼びたい」

イネスに熱く見つめられ、愛翔は視線を逸らした。この目に捕まってしまうまでになんとかしなければ。

「それよりも、この世界にも発情を抑える薬があるなら分けてほしい」

「発情ならば、俺が鎮めてやる」

尊大に言い放つイネスに、愛翔は反発する。気を緩めれば、イネスのフェロモンに巻き込まれてしまう。

「発情したくないから言ってるんだ」

「そんなに俺に抱かれることが嫌か？」

……結局その話になってしまうのだ。だが、愛翔は以前のようにイネスを無神経に突っぱねることができなかった。

無鉄砲を咎めることもせず、無事でよかったと言ってくれた。実際に世界が荒れた様子も見た。だが、心に引っかかったものが抜けなくて。

(俺が世の立て直しに必要だから、大事にしてくれるんだ)

まるで駄々っ子のようだが、つい二週間ほど前にこの世に呼ばれて、剣とシンクロして世界を救えなんて、そのために俺の番になれなんて……。

これまで二十二年、そんな事情とは無関係で生きてきて、急にヒーローになれるなんて、セアが好きだった特撮番組じゃないんだ。オメガだとわかった時から発情したくなくて、オメガでいたくないと思って生きてきて、ああ、わかったなんて言えないんだ……いろいろな意味で。

だから言葉を選んだつもりでも、自分の答えも同じようになってしまうのがもどかしい。

「前から言ってるじゃないか。俺は自分がオメガであることが嫌なんだ。イネスだからじゃない。誰にも抱かれたくないし、子どもも産みたくない」

「魂の番と出会ってもか」

「それだって……」

言ってはいけないと思いながら、口にしてしまう。

「おまえがそう言ってるだけで、俺はおまえが魂の番だと思ったわけじゃない」

——身体を疼かせているくせに?

何者かに囁《ささや》かれるが、愛翔は無視をする。口を挟まれたくなくて早口で続けた。

「それに、もしそうだとしても、結局は陽の剣を取り戻すためじゃないか。そもそも、番わなくったって。俺とセアに魔が効かないなら、二人で魔界に忍び込んで取り返してくれば済むことだろう？　セアの力が強いならなおさら」

イネスは長椅子に身体を横たえたまま、愛翔は立ったまま、口論は続く、ただ、愛翔の肘はイネスに摑まれたままだった。

「簡単に言うな。元こちら側のサルスは、魔力を使わずに部隊を指揮することができる。彼の隊は、セルジオールから拉致《らち》した傭兵《ようへい》たちの集まりだ。セアの能力ばかりに頼ることはできない。それに、陽の剣はサルスの最後の神官力によって封印されているんだ。その封印を解くために陰の剣と共鳴する使い手が必要なのだ。おまえはまだ陰の剣と共鳴していない」

「結局は、自分のためじゃないか」

「民のためだ」

しばしの刺々《とげとげ》しい沈黙が横たわる。その間、セアが淋しそうな顔をして、モルトに乗って部屋を出ていったことに、二人は気づかなかった。

「こら、おまえ、いくらイネスさまの魂の番といえど、失礼千万であろうぞ！」

突然声がして、イネスの侍女にして世話係、アニスが乱入してきた。ぽっちゃりした中年女性だ。

「ああ。イネスさま、不躾《ぶしつけ》なことをして申し訳ありません。ですが私はもう、この男に我慢なりませぬ！」

アニスは愛翔が持っていた桶を奪い取ると、キッと眉根を寄せた顔でにじり寄った。

「イネスさまがご自分の食もそこそこに、民に分け与え、命を削るようにして祈りを捧げておられるのを知らないのであろう！　いくらイネスさまの魂のお相手であろうと、これ以上イネスさまを愚弄《ぐろう》するとただではおかぬぞ！」

「愚弄なんてしてないよ」

答えながら、愛翔は、アニスが中学の時の担任教師に似ていると思った。オメガでいたくないから、将来バース転換手術を受けるつもりだと言ったら「オメガであることを逃げ道にするな！」と怒鳴った女教師だ。

「アニス、ありがたいけれど、話がややこしくなるからここは退いてくれないか。だが、心配してくれてありがとう――愛しているよ。それから、お茶を持ってきてくれると嬉しい。アニスのとっておきの焼き菓子をつけて。セアにも焼き菓子とミルクをあげておくれ」

まあああ、とアニスは頬を赤くし、「承知いたしました」と深く頭を下げる。だが、部屋を出る時に、愛翔を睨みつけることは忘れなかった。いずれにしても、二人は完全に毒気を抜かれてしまった。

「アニスは俺の乳母だったから、俺のことになると、すぐに熱くなるんだ。悪かったな」

イネスは詫《わ》びたが、愛翔はイネスの神官としての姿をアニスから聞き、反省せずにいられなかった。アニスに罵詈雑言《ばりぞうごん》を浴びせられても、気を悪くしたりしなかった。ただ、『民のためだ』という言葉が重い。

「子どもの頃、俺がユリアナに攫われた時など、アニスは心労のために、骨と皮ばかりに痩《や》せてしまった。願をかけて食を断っていたらしい……ありがたいことだ」

イネスはふう、と息をつく。彼にはそうやって、身を案じ、愛してくれた者がいたんだ。ほどなく運ばれてきたお茶とくるみ菓子は素朴なものだったけれど、とても美味しくて、涙が出そうだった。

「あの……イネスが攫われた時、逃してくれた者のことはまったく覚えていないのか？　その、前にも言ってたけど」

タイミングよくその話が出たので、愛翔はさりげなく振ってみた。

「それが、子どもだったと思うのだ」

愛翔の胸は大きく高鳴る。だが、平静を装い「他には？」と訊ねた。

「見たことのない小さな武器を持っていた。その刃で身体に巻きついていたバラの蔓を切ってくれたのだ。その武器が印象的だったから、それはよく覚えているのだが」

カッターナイフだ……愛翔の胸はさらに鼓動が速くなる。

間違いない、あの女の子は――。

「そのあとは意識が朦朧《もうろう》として……礼を言わなくてはと懸命に思っていたのだが、発見された時は結界の外で倒れていたらしい」

それは俺なんだよ、と口から出そうになった。おまえがどうして女の子の格好をしていたのかわからないけれど、カッターナイフで蔓を切ったのは俺なんだ……！

だが、愛翔は言葉を呑《の》み込んだ。

俺は覚えているのに、おまえは覚えていないんだな……。俺にキスしたことも、俺のことを素敵だとか、胸がドキドキすると言ったことも。

意識が朦朧としていたのは、きっと、バラの魔力に当てられていたからだ。仕方ない。今はそれがわかる。

でも……！

（俺はずっと、おまえが好きだったんだ）

「なぜその子どもに、バラ園の魔が効かなかったのか。セアのように、バースが定まる前の、聖なる力が強い子どもだったのかもしれない」

俺たちのように、異世界から来た者という発想はないのか？

愛翔は虚しさを覚える。イネスはセルジオールの子どもだと思っているようだった。

「助けてくれたやつに会いたいとか……思う？」

「当然だ」

うかがうような愛翔の問いに、イネスは即答だった。

「どれだけ感謝を伝えても足りないさ……あの時、助けてもらえなければ、俺はここにいない」

助けた相手を目の前に、イネスは熱く語る。

ほんの少し、救われたという思いと、覚えていないんだという虚しさが交錯する。

――ああそうか。わかった。

愛翔は思った。

会ったとたんに惹かれ合うという魂の番。だから俺はイネスにひと目で恋をして、ずっと初恋を忘れられずにいたんだ。あの時、俺はまだバースがわからなくて、でも、オメガであることは運命づけられていたんだ。

なんて皮肉なんだろう。そのあとでオメガだということがわかって、でもオメガとして生きることが嫌で、誰とも番いたくない、発情したくない、孕みたくないと思うようになってしまったなんて。

（それこそが、イネスという相手がいたからこそ……なのか？　魂の相手以外と結びつくことを、本能が拒否していた？）

「アイ？」

「そうやって呼ぶなって言ったじゃないか！」

黙り込んでいたからだろう。呼びかけたイネスに、愛翔は強い口調で言い返していた。イネスの目が、さっと曇る。イネスを哀しませたことがやりきれなくて、愛翔は自分で自分を傷つけているみたいに感じてしまう。

こんなふうにイネスは、神官王としての顔だけじゃなく、『俺モード』の、素のイネスとしての表情を多く見せてくれるようになったというのに。

「とにかく、抑制剤を用意してほしい」

自分で振った話を、愛翔は唐突に終わらせた。それでもイネスは静かにこう答えた。

「わかった。薬は用意しよう……今回は。異世界から来たおまえと、私たちの価値観が違うのだということはわかったから。少し時間も必要だろう」

イネスは『神官モード』に戻っていた。口調だけではない。まとう空気でわかるのだ。神官王のイネスは、冴え冴えとしている。

「神殿に行く」

愛翔に背を向け、イネスは部屋を出ていった。


自分の部屋に戻ったものの、愛翔は悶々《もんもん》とし続けていた。

イネスの傷は熱が引いて、滲《にじ》んでいた血も乾いていた。だが、まだ完全に体力が戻っていないはずだ。そんな身体で神官王としての務めを果たそうとするなんて……。

愛翔の感情は急転直下する。ああ、俺はなんて言い方をしてしまったんだろう――いろいろと、本当に、全てにおいて。

このまま番になってこの世に関《かか》わり、いずれ子を孕むオメガの生き方は、まだ受け入れられない。だが、もっと言い方があったはずだ。

思ったらたまらなくなって、愛翔は部屋を飛び出した。ちょうど神殿に入ろうとしていたイネスを見つけ、手首を摑んだ。身体の芯がざわざわと疼く。

「ごめん……！　あんな言い方して。助けてもらったのに、また俺は……」

イネスは驚いて振り向いた。愛翔は言葉に詰まる。

そのあと、俺は何を言おうとしていたんだろう。

言葉を見失い、愛翔はイネスの傷痕をそっと撫でていた。

――思い出してほしい。

心の中で自分が囁いた。彼に触れるたびに、身体の疼きは無視できないものになっていく。ざわざわと、きゅうっと身体の奥が引き絞られるように。

イネスは黙ったまま、愛翔の頭をぽんぽんと叩いた。この身長差が悔しい。だが、イネスはやっぱりカッコいい――などと思ってしまう。

不思議な紫の瞳は、凪《な》いだ海のように穏やかだった。


翌日、愛翔はイネス手ずから抑制剤を渡された。

「あ、ありがと」

気まずさは拭《ぬぐ》えず、愛翔は礼を言ったが、イネスはうなずいただけだった。

（薬草とかでできてるのかな）

乾燥したバジルに似ている。元いた世界のものとは違い、化学精製されていないことは確かだ。それに、これは発情を抑える薬であって、オメガ性を抑える薬ではない。

思った通り、薬はよく効くとはいえなかった。薬草で調合するなんて、すごいとは思ったが、身体は化学精製されたものに馴染んでいる。さらに、オメガ性を抑える作用もあったから……。保険適用外のこの薬を買うために、中学の頃からバイトバイトに明け暮れていたことを思い出し、愛翔は苦笑した。

薬の効きがよくないとはいえ、完全に発情しているわけではないのに、この身体の熱さ、気怠《けだる》さはなんだろう。身体の中からは、あの疼きが消えてくれない。

愛翔は長椅子に横たわっていることが増えた。そんな愛翔を、セアは心配そうに見つめる。

「アイちゃ、あちち？」

熱があるのかと聞いている。熱よりは火照《ほて》りといった方がいい。だが愛翔はセアに心配させたくなくて、笑ってみせた。

「大丈夫。疲れただけ」

セアの隣で、モルトも小首を傾けている。その様子が、心配してくれているように見えて、愛翔の心はふっと和んだ。

「モウト、もふもふ」

セアは愛翔の手を引っ張り、モルトの背に触らせる。気持ちいいよ、と知らせたいのだろう。少しでも愛翔の元気が出るように。モルトも『さあどうぞ』と言わんばかりに、愛翔に身を寄せてきた。

そっと撫でると、ふわふわの温かさに泣けそうになる。

発情期は情緒不安定にもなるんだろうか。もうずうっと発情を抑え込んでいるから、わからない。神獣モルトは、愛玩犬《あいがん》のように存分に毛並みを触らせてくれた。

「もふっ」

セアが背中に顔を埋《うず》めると、モルトは嬉しそうに鳴いた。

「アイちゃも」

愛翔も同じようにやってみると、くすぐったくてあったかくて……。一本角も勇ましく、人を乗せ、神速で駆けることができる神獣なのに。

モルトがセアに懐いたことにイネスは驚いていたが、愛翔にも心を開いてくれたようだ。

「ありがと、モルト」

犬にするように耳の裏を掻いてやると、モルトは気持ちよさそうに目を細めた。それが微笑ましくて。

　愛翔がこうして癒やしのひとときを過ごしている間もずっと、日照りは続き、イネスは神殿に籠《こ》もって儀式を執り行い、祈りの日々を続けていた。アニスが言うには、神官が儀式を執り行っている間は、発情期のオメガは近寄ってはならないという。

「儀式の間、神官王は肉欲を断って、清らかな御身を保たねばならないのです」

　それ、しきたりなんだろうけれど、けっこう身もフタもないことを言っていると思う。日本でいう「穢《けが》れ」というやつか……愛翔は悔しく思った。今までオメガがそういう目で見られても、悔しいではなく「だから嫌なんだ」という感じだったのに。

　一方、セアは時々、神殿にイネスの様子を見に行っているようだった。いつの間にかセアは「聖なる赤子」として周囲の者に認識されるようになっていた。おそらく、神獣モルトを懐かせているためだろう。じゃあ、俺は？

（俺はなんでここにいるんだろう）

　使命があってここへ召喚されたのに。魂の番――とも出会ったのに。

「ネシュ、ねんねない」

　ある日、セアはモルトとともに、しょんぼりと神殿から戻ってきた。

　イネスは寝食も忘れ、世の均衡を保つため、祈りに没頭しているのだという。セアの舌っ足らずの報告でも、それはうかがい知ることができた。

（大丈夫なんだろうか……イネス）

気怠さを持て余して寝台に横たわった愛翔は、神殿のある方向を眺めた。

窓の向こうの暗闇に、神殿に灯《とも》されている数多《あまた》のろうそくの光がゆらめいている。祈りに訪れた民たちが。思いを託してろうそくの火を灯すのだという。

ここへ来て、幾日が過ぎたのだろう。夜で数えると、元の世界の時間軸では二ヶ月くらいだろうか。出会った頃は口論ばかりしていたのに、愛翔はイネスのことが心配でならなくなっていた。

俺だって、人々が世の乱れで苦しんでいるのを見聞きするのは辛い。辛く思うようになったけれど、自分はなんて狭量なんだろうと愛翔は思う。

でも、この世界で本当にイネスと番になってしまっていいのか？　番になってしまったらもう、一生オメガのままだ。もし元の世界へ戻ることができても、うなじを噛まれたオメガはバース転換手術を受けることはできない。転換することができないのだ。

世界を救うなんて、大それたことができるわけないし、関わること自体が怖いと思っていた——だが今は、イネスと番になるかどうか、が思いの先にある。多くの人が苦しんでいるというのに。

抑制剤の効果は薄れつつあった。それだけでなく、今まで封じ込めていたオメガ性が、あふれ出ようとしている。身体はアルファを求めてやまない……本能が愛翔に教えている。

「あっ……」

下腹部がぎゅっと疼いた。いつもの身体の奥で生じる疼きよりも、もっと具体的でわかりやすく、愛翔の茎が首をもたげようとしている。

オメガ抑制剤を飲んでいたといっても、男の生理現象がなくなるわけではなかった。だが、愛翔はもともと淡泊なんだと自分で思っていた。それなのに。

茎は反り返り、刺激を欲しがって下穿《したば》きの上からその先端を覗かせていた。こちらへ来てから、当然下着もセルジオール仕様のもので、腰で結わえたひもは茎の勢いに負けてするするとほどけてしまう。

「あ……あっ」

剝《む》き出しになった茎が夜着に触れて擦れ、その刺激でさえたまらなくて、愛翔は声を上げてしまった。

だめだ。イネスが自分の身を削って世界のために祈っているのに、俺はこんなこと……。

イネスを思ったのと、茎を握ったのとどちらが早かったのか。声を堪《こら》えることもできなくて、愛翔は喘《あえ》いだ。

「あ……ん……っ」

なんて甘ったるい声。俺はこんなだったのか？　いつもはこの生理現象が面倒で、さっさと事務的に終わらせていた。誰かを思ってとか、そんな――。

（誰か？）

思ったら、感情がどんどんあふれ出てきた。呼応するように、親指で擦った先端からも、雫《しずく》がぽたぽたと落ちてくる。

反発ばかりしていたけれど、イネスはいつも俺を受け止めてくれた。話を最後まで聞いて、俺様なところはあるけれど、無理強いせずに今回も抑制剤を渡してくれて……。

「んっ」

身の危険も顧みずに魔界に入って、俺を、助けて、くれて……。

――おまえが必要なのだ。

聖剣のためであったとしても、あの声が耳から離れない。耳だけじゃない、あれからずっと、本当は心も揺さぶられ続けていた。気がつかないふりをしていただけなんだ……。

俺が最も欲しかった言葉。ずっと誰かに必要とされたかった……。

「んんっ、あっ、あ――」

片手で、より硬くなった茎を扱《しご》く。もう片方の手は、知らず、乳首を摘《つ》まんでいた。

（なんで？　どう、して……っ）

一緒に触ると身体に甘やかな感覚が広がった。

これが気持ちいいってことなのか？　教えてくれよ、イネス……。

「イネ、ス……」

どくどくとあふれる白濁に手を濡《ぬ》らしながら、片手はまだ乳首を弄《いじ》っていた。やめられなくて、気持ちよくて。

射精しても、身体の奥がズクズクと疼く。後ろの方が……自分でも、見たことがないところが、じわっと濡れるのを感じた。

（発情なんてしたくなかった……）

ややあって、一気に身体に押し寄せた波が退《ひ》いていく。その脱力感の中、愛翔は思った。

こんな淫らな自分を知りたくなかった。

ベータになりたかった。

でも。

今は違う思いに囚われようとしている。

アルファに満たされたい。オメガの本能が芽吹こうとしていた。

4

――ここはどこだ?

左右もわからない暗闇《くらやみ》の中に愛翔は立っていた。

『アイ……』

名を呼ばれ、暗闇の中からイネスが現れる。裾《すそ》も袖も長い、純白の神官王の衣装を着て、威厳があって、それでいて優しいまなざしで。

『イネス!』

愛翔は駆け寄ろうとした。だが、一歩近づくごとに、イネスの輪郭はぼやけていく。

『待って! イネス!』

叫ぶけれど、イネスの姿は暗闇に吸い込まれるように見えなくなった。

「イネス!」

愛翔は自分の声で目を覚ました。伸ばした腕は虚《むな》しく空を掻《か》いている。

「夢か……」

額の汗を拭《ふ》きながら、愛翔は呟《つぶや》く。なんて嫌な夢なんだ。イネスが消えてしまうなんて。

（まさか……）

嫌な予感がした。居ても立ってもいられなくなり、愛翔は寝台から立ち上がる。発情期の間、セアとは寝室を分けていたが、隣の小部屋の前でモルトを呼ぶと、モルトは扉の前に、すっとその姿を現した。

「驚かせてくれるな、おまえも」

どうしました？　とモルトは角を振り上げる。

「神殿へ行く。一緒に来てくれ」

発情期のオメガは神殿に近づいてはならない。だが今は、そんなしきたりにかまっていられない。愛翔とモルトは城を出て、ろうそくの火が灯《とも》る神殿へと向かう。その間も、ざわざわと嫌な感じの鳥肌が立ち、モルトも次第に、びりびりと角を震わせ始めた。

白い石の階段を登ると、神殿の入り口は石の扉で閉ざされていた。だが、モルトが何度か角で突くと、扉はぎいっと重い音をさせながら開いた。

「イネス！」

ろうそくの灯《あか》りの中、目に飛び込んできたのは、祭壇の前で倒れているイネスの姿だった。

駆け寄る愛翔より先に、身体《からだ》を大きくしたモルトがイネスのもとへ跳び、角を振り立てて、主《あるじ》を背に乗せた。

「大丈夫か！　しっかりしろ！」

呼びかけても反応がない。握った手は冷たく、だが浅い呼吸は確かめられた。イネスに寄り添うようにモルトの背に乗り、モルトは二人を乗せて、瞬く間に居城へと戻った。

イネスの部屋で寝台に寝かせ、アニスを起こす。仰天したアニスは医者と薬師を呼びに走った。「発情期のオメガは……」と、お説教をすることも忘れて。

「ネシュ！」

いつの間にか寝間着姿のセアが、イネスの枕元《まくらもと》に立っていた。

「アイちゃ……」

泣きそうな顔で、セアは愛翔にしがみついてくる。愛翔もまた、すがりつくようにセアを抱きしめていた。不安で、身体がガタガタと震えている。

イネスが倒れるなんて。あの頑健なイネスが。

青ざめた顔でイネスはこんこんと眠り続けた。医者や薬師は「お疲れが過ぎたのだ」と見立て、目覚められたら滋養のあるものと薬湯を、と言っただけだった。

要は過労と栄養失調なのだろうが、点滴をしたり、心拍数を計ったりできない世界だから、不安を抱き続けてこうして見守るしかできないのだ。愛翔は唇を噛《か》んだ。

（このまま目覚めずに、死んでしまうんじゃないだろうか……）

押し寄せたのは恐怖だった。嫌だ。絶対に嫌だ。心が叫ぶ。胸が張り裂けそうだ。

イネスが死んだら俺のせいだ。俺が番《つがい》になって、陰の剣とシンクロすることを拒んだから。

こんなになるまで……聖剣なしで身を削って、セルジオールを守ろうとしていたんだ。どうしてわからなかったんだろう。そんなイネスだからこそ俺は。

「起きろよ……目を開けてくれよ……俺、わかったから。本当にわかったから」

まだ発情の気怠《けだる》さが残る中、愛翔はイネスの側《そば》から離れなかった。離れられなかった。

一方、神官王の不在をめぐり、神官たちは喧々囂々《けんけんごうごう》と議論を繰り返していた。イネスの様子を見に来ては、皆一様に嘆き、どうするのだ、どうすればいいのだと口にする。

イネスが倒れてから一日しか経っていないのに、日照りに加え、落雷や竜巻が頻繁に起こっていた。民たちが救いを求めて神殿に押し寄せてくる。今もまさに竜巻がいくつも渦を巻き、庭園の木をなぎ倒していた。木で建てられた家ならば、吹き飛ばされているに違いない。人的な被害も出ているだろう。愛翔の胸は己の無力感と後悔で痛んだ。

俺が、もっと早く決心していれば――。

(イネスだからこそ、ここまで持ちこたえてきたのか。本当にすごい力をもっていたんだ……)

同時に、愛翔はこの世界の自然の理《ことわり》を身をもって知った。

ここは、まさに聖剣と神官王により安寧を保つ、そういう世界なのだ。この世界で暮らす人々にとっては、おとぎ話でもファンタジーでもなく、これが現実なのだ。

「このままではセルジオールは滅んでしまう。とにかく、我々でやってみるしかない」

イネスの枕元で、七人の神官たちがようやく意志を固める。

(どこか、他所《よそ》でやってくれないかな……)

安静が大事なのに。そこへ、モルトに乗ったセアが現れた。

「しぇあ、いく」

セアはモルトから降りると、神官たちの前で、ぎゅっと小さな手を握り合わせた。精いっぱいに首を伸ばして目を瞑《つぶ》る。そして、胸の前で組んでいた手を、ぐん！　と上に伸ばした。あどけない、可愛《かわい》い仕草だ。だがそれは……。

(セア……)

「赤子のセアよ、何をしておる」

「愛らしいが、踊っている場合ではないのだぞ」

「祈っているんです」

愛翔は言った。一度、イネスが祈っている姿を見たことがある。もちろんもっと厳かな雰囲気だったが、セアは小さな身体で、一生懸命にイネスを真似《まね》ているのだった。

「まさか……いくらモルトが認めたとはいえ、赤子にそのような」

愛翔以外の者が眉《まゆ》をひそめる中、セアは丸い目を大きく見開いた。

「しじめ、たまえ。てんの、ちかだを、われに、あた、え、ちゃまえ」

舌っ足らずの詠唱だ。神官たちだけでなく、愛翔も目を瞠《みは》った。

「ら、しゅーりゅ、ら、ちゃちゃりん、らぁ――――」

ここからはセルジオール古代言語による詠唱だ。セアは声を溜《た》めた。そして大きく腕を突き出す。

「だあっ！」

まるで、某アニメの〇〇波発動のような動きだった。元の世界の者が見たら、二歳児がアニメキャラの真似をしているように見えるだろう。

だが、セアは息を弾ませながら祈りと詠唱を繰り返す。セアに合わせるように、モルトはひときわ長く遠吠《とおぼ》えをした。

「……た、竜巻が、小さくなったのではないか？」

神官のひとりが言った。

「ぐ、偶然であろう」

外を見ると、吹き荒れていた竜巻は確かに小さく、セアの背丈くらいのものになって、地面に落ちた葉をくるくると舞い上がらせている。

自分たちが日々、修行を積んでいたことを、小さな子どもが一生懸命にやろうとしているのだ。彼らは終始、セアを見つめていた。

「ネシュ」

眠り続けるイネスに、セアは呼びかけた。

「いてきましゅ」

モルトの背に乗ると、セアは愛翔に向けて、にこっと笑った。部屋を出ていくそのあとを、神官たちがわらわらと追いかけていく。

（あいつ……本当に俺の弟なのか？）

イネスに寄り添ったまま、愛翔は呆然《ぼうぜん》としていた。

俺を助けに来てくれた時も、イネスはセアが側にいたから……と言っていた。

「がんばれ、セア」

俺もがんばるから。なあイネス。だから早く目覚めてくれ。

愛翔は声には出さず、イネスに呼びかけた。水差しの水をグラスに注ぎ、口に含む。愛翔はイネスの唇を塞《ふさ》ぎ、水を注ぎ込んだ。

「ふーっ……」

誰《だれ》かと唇を合わせるなんて初めてだから、口移しで水を飲ませるなんて初めてだから、上手くできなくて零《こぼ》れた水でイネスの首筋が濡《ぬ》れてしまった。やわらかい木綿の布でそっと拭《ぬぐ》い、ずっとドキドキしている。

「飲んでくれよ、飲まないと脱水症状で死んでしまうんだぞ……」

これは、俺の二回目のキスだ。最初のは、おまえが奪っていった。おまえだから、おまえを生かすためだから、できるんだからな……！

どこまでも可愛く素直になれない自分をどうなんだと思いながら、口移しだといいながら、イネスの唇にもう一度触れたくてたまらない。

「下手で、ごめんな……」

愛翔はかがみ込み、再び唇から水を送る。

イネスの痩《や》せてしまった喉《のど》が、ごくんと動いた。ほっとして、愛翔は椅子《いす》に座り込む。

（よかった……）

そこへ、アニスがばたばたと現れた。しまった！　ドアが開いたままだった！

「アイトどの！」

「なな、なに、どうしたの？」

どぎまぎしながら答えると、アニスは大興奮で報告した。

「弟君はとてつもない神力をお持ちです！　他の神官たちも触発されて、今、皆で力を合わせているのです！　それで」

アニスはいったん、言葉を切った。

「さかんに『ちょーらい』と仰《おっしゃ》るのですが、いったい、これはどういう意味で？」

愛翔は笑顔で答えた。

「ああ、食べ物と飲み物が欲しいんだと思います」

「これは、そのようなことにも気づかず申し訳ない」

いつも愛翔に対してマウントを取っていたアニスがあわあわと慌てている。その姿は微笑《ほほえ》ましくもあった。

「イネスは食を断っていたらしいけれど、セアはまだ子どもだから食べることを許してやってください」

丁重に頭を下げる。「承知しました！」とアニスは颯《はやて》のように飛び出していった。

みんなで力を合わせて祈りを捧げている。そのためか、確かに竜巻はつむじ風程度になり、雷は止《や》んだ。

だが、まだ二歳のセアが何日もこの状態を続けられるわけがない。

（イネス……）

愛翔も祈った。

どうかセアが、少しでもイネスの代わりをやれますように。

そして、自分の気づきや決断が、どうか遅すぎませんように――。


イネスが倒れてから、三日めの夜が更けていく。

セアはずっと、神殿でがんばっている。アニスの報告によれば、時々こてんと眠ってしまうらしいが、皆がその寝顔の愛らしさに癒《い》やされ、「赤子がこれだけがんばっているのだから」と、皆のモチベーションにつながっているらしい。そして、目覚めたあとのセアは、さらに力を発揮するのだと。

神官七人でセアひとりの力。そして、イネスの力はその何倍もあるということだ。

（その上、魔力が効かないなんて、もしかしたらあいつが最強なんじゃないか？）

なあ、イネス。

依然、愛翔もイネスの枕元から離れずにいた。心配であまり眠れていないが、水を飲ませるのは上手くなった……と思う。

愛翔は水を口に含んだ。唇に触れたら、少しだけ舌の先をイネスの下唇にあてがって、水の通り道を作るのだ。そうすると、イネスは上手く飲み込める。

（習うより慣れろ……か。なんにもしたことがない俺からすれば、いきなりレベルの高いレッスンだったけど）

ふふっとイネスの唇の上で笑って、唇を離そうとした時だ。

（！）

愛翔はいきなり身体を引き寄せられ、唇が合わさったままで強く抱きしめられた。

「んっ……」

今度は愛翔の唇を割って舌が入り込んでくる。

自分の口移し兼キスとは、比べものにならないほどの濃密さだ。三日前はかさかさに乾いていた唇は熱をもって潤い、愛翔の唇を何度か吸い、ぴちゃりと水音を立てた。その音を聞くだけで、気が遠くなりそうになる――。

「あっ、や……」

呼吸が苦しくなって、舌と唇から逃れた愛翔が見たものは、目覚めたイネスの顔だった。

「イネ……ス……」

目を開けている。笑っている。そして激しいキスをくれた。

「アイト……」

起き上がったイネスを、今度は愛翔が抱きしめた。愛翔の腕では包み込めない広い背中にしがみつき、夢中で彼を抱きしめた。

「イネス……イネ、ス……！」

何度も名を呼ぶ。今はそれ以外の言葉を忘れてしまってもいい。彼を抱きしめて、ああ、自分はこんなに小さいんだと思い知る。届かない腕がもどかしかった。

いなくなってしまうと――いや、失うかもしれないと思って、やっとわかった。

俺はイネスの半身だ。魂の半分がなくては生きていけない。番とはそういう意味なんだ。

身体も心も、運命も分けあって生きていくんだ……。

「どうしたんだ？」

自分からあんなキスをしておきながら、イネスは訊《たず》ねてくる。しがみつくように抱きしめてくる、愛翔の髪を撫《な》でながら。

「わかったんだ……身体中が痛いほどだよ。今までごめん。本当にごめん。番を失ったら生きていけない……」

「アイト……」

「アイって呼んでいい！」

愛翔は潤む目でイネスを見上げた。

「ううん、そう呼んで……俺を、愛の名で呼んで……」

「アイ……」

「うん……」

そのまま二人は互いを愛《いと》しむように抱き合っていた。

突然の愛翔の告白も、これまでの抗《あらが》いや反発も、全《すべ》てイネスは受け入れ、わかってくれている。愛翔はそう、信じることができた。

「アイ」と呼ばれることが嬉《うれ》しくて、愛翔は何度も確かめた。

「もっと呼んで……」

「アイ」

「もっと」

「アイ」

呼ばれるたびに、愛翔はイネスの胸に顔をすりつけた。心臓の音がする。ああ、生きているんだ。

「そんなに可愛いことばかりして。どうなっても知らないぞ……」

辛抱たまらなくなったのか、イネスは天井を仰ぐ。

「俺は休息して、力を取り戻した状態だ。神官どころか獣になるかもしれない」

神官……甘い雰囲気に突入してしまいそうな中で、愛翔は今、もっと大切なことを思う。それはきっとイネスも同じだ。だから「神官」という言葉が出てきたに違いないのだ。

「いいよ……何になってもいい。獣になったおまえに食べられて、ひとつになってしまったらいい……でも、今は神官王でいてほしい」

「ああ」

イネスは呼応するように答える。

「今、セアと神官たちが力を合わせてイネスの代わりに祈ってるんだ。小さいセアががんばってるのに、その……」

「わかっている。みなまで言わなくても、おまえの言う通りだ。眠りが浅くなるにつれて、世の波動を感じていた。それが思ったよりも安定していて、だから、きっと誰かが俺の代わりに祈ってくれているのだと感じていた」

そうしてイネスは羽が触れるようなキスをくれた。

「待っていてくれるか？」

愛翔はうなずく。

「ここまでがんばったセアとみんなを褒めてやってくれるか？」

「もちろんだ」

立ち上がったイネスは神官服に着替え、極上の笑顔を見せた。神官モードのイネスも、さっきまでの超絶に艶《つや》っぽい、俺モードのイネスも、どちらもイネスなんだ……そんなことを愛翔は思う。

「イネスが戻ったら、俺、おまえに謝りたいことがある」

「偶然だな。私もアイに謝らなければいけないことがあるのだが」

しばし、顔を見合わせる二人。やがてイネスは不敵に笑って、颯爽《さっそう》と踵《きびす》を返した。

「行ってくる」

そうしてイネスと入れ違いに、セアがモルトの背に乗って戻ってきた。くったりとモルトの背にもたれかかって目を閉じているセアを見て、愛翔の背中に冷たい汗が流れた。

「セア、セア、大丈夫か！」

呼びかけると、セアはうっすら目を開けた。

「おなか、しゅいた……」

たちまちアニスが飛んできて、セアの大好きなクレープのようなものを山のように作ってくれた。セアは目を輝かせ、「きゃーっ！」と喜びの声を上げている。神殿で食事をとっていたとはいうものの、やはり子どもには食べづらいものだったのだろう。

「セア、本当によくがんばったな。全部食べていいんだぞ」

愛翔はセアをぎゅっと抱きしめて、頬《ほお》ずりをする。

だが、愛翔は知っていた。民の間で食糧難は広がっており、ここ、神官王の居城であっても食料は切り詰められていた。このクレープは、アニスがあるもので最大限に工夫を凝らして、美味《おい》しく作ってくれたものだということを。

（なんで、もっと早く俺は……）

こんなに小さなセアが、自分の力を捧げているというのに。

「アイちゃ、おいちー！　おいちー！」

「そうか、たくさん食べろよ」

おなかいっぱい食事をしたセアは、そのあとすぐに、くうくうと可愛い寝息を立てて、モルトにもたれて眠ってしまった。愛翔はセアを抱き上げ、寝台に運ぶ。

「モルトも、ずっとセアについててくれたんだろ？　ありがとうな。おまえもゆっくりおやすみ」

くうん、とひと声鳴いて、モルトはセアが眠る寝台の側で丸くなる。

体力の消耗を心配したが、顔色もよく、弱った様子はなさそうだ。愛翔はほっと胸を撫で下ろしていた。

外を見ると、地を這《は》いながら渦巻いていた竜巻は、もう見えなくなっていた。イネスが祈りに復活してから、わずか半日も経っていない。

（これで、雷が止めば……）

一心に祈っているイネスのことを思う。今、俺にできることはなんだろう。愛翔は考えていた。

まだ番じゃないけど、番になる者として、少しでも寄り添えれば――。

何に祈ったらいいのかもわからないけれど、愛翔は祈った。

（どうか、少しでも世の乱れが収まりますように……俺が陰の剣とシンクロするから、だからどうか……）

「それまで、俺の番にもっと力を……」

「ら、しゅーりゅ、ら、ちゃちゃりん！」

「わっ！　びっくりした！」

突然、セアが叫んだので振り返ると、セアはむにゃむにゃ口を動かしていた。どうやら寝言のようだった。

(夢の中でまで詠唱してるのか……)

俺もセアに習っておけばよかった。そしてそっと口にする。

「ラ、シューリュ、ラ、チャチャリン……」

セアは回らない舌で一生懸命唱えていたけれど。本当はもっと違う言葉なのだろう。だが、愛翔はゴロゴロと雷鳴が残る空を見上げ、その不思議な響きを唱え続けた。そうすることで、イネスと一緒にいられるような、そんな気がして。

＊＊＊

ふわりと身体が宙に浮いた気がして、愛翔は身じろいだ。

(ん……)

なんだろう、身体が運ばれていくような？　だが、倒れたイネスに寄り添って、ほとんど寝ていなかった愛翔は、眠くて目を開けることができない。詠唱を口にしながら、そのままセアの寝台にもたれて、うたた寝してしまっていたのだ。

身体が柔らかいところに下ろされる。ベッドかな……？　だが愛翔は、心もとなさを感じて、寝返りを打った。ふかふかで心地よい感触なのに。

寝てしまった子どもを親がベッドに運ぶ……ドラマや映画でそんなシーンを観るたび、愛翔の心は淋《さび》しさに傷つき、そしてやがて何も感じなくなっていった。だが、自分がセアをそうするようになって、今でもそんなふうに、誰かに大事に扱われたいと――自分でも知らない心の底に思いは潜んでいた。だから、まどろみながら呼んでしまう。

「イネス……」

彼がここにいたらいいな……そんなことをきっと思っていた。

「ここにいる」

紛れもないその声が答え、愛翔は一気に目を覚ました。見開いた目の前にいたのは……。

「ほ、ほんもの？」

「当たり前だろう」

「だって、祈りは……」

ああ、と寝台に腰かけていたイネスは愛翔を腕の中に引き寄せた。神官服のままだ。いいのかなと思いつつ、愛翔は抗えずにその胸に甘えてしまう。

「雷を抑えることはできた。それで、他の神官たちが一度に無理をせぬようにと、どうか休んでくれと言ってくれたのだ」

「七人で力を合わせて？」

「ああそうだ。幼いセアが祈る姿は、皆に大きな変革をもたらしてくれた」

「よかった……」

愛翔は心から安堵《あんど》する。前々から、彼らはイネスに頼りすぎではないかと思っていたからだった。

イネスの指が、愛翔の唇をそっとなぞる。口移しだって、深いキスだってしたのに、そんな些細《ささい》な仕草が、愛翔の胸に大きな矢を刺した。

（なに、今の……）

どくんっ、とこめかみがはちきれそうに血流が激しくなった。怖ささえ感じたそれを紛らわそうと、愛翔はイネスにすがる。

「や、休んで、いなくていいのか……」

「休むよりも、もっと大切なことがあるからな……おまえさえ、許してくれるならば」

答えるよりも早く唇を塞がれた。深く合わされ、舌が忍び込んでくる。

（ああっ）

声を出せないくらいに深く合わされた分、その声が身体の中を駆けめぐるようだ。背中を抱きしめられ、また脈動が強く打つ。身体中の血が、沸騰したがっているような。

愛翔は、イネスの腕の中で身体をくねらせた。

……変だ、俺、こんなの……こんなの……。

「どうした？」

イネスも愛翔の様子に気づいたらしい。心配そうに唇を外した。

「わからない……身体が急に熱くなって、あ、ああっ」

すでに股間《こかん》に育つ茎もはちきれそうになっていた。そこがイネスの手に触れただけで愛翔は大きく喘《あえ》いでいた。イネスの手が性急に、愛翔の下半身を暴く。イネスの手のひらに握られたそれは、もう先端から雫《しずく》を垂らしていた。

「アイ……もしかしたら」

「何？　俺、何か変なのか？」

愛翔はもう泣きそうだった。自分で触ってもいないのに、触られてもいないのに、いきなり勃《た》つなんて。もうイキそうになっているなんて。

「変なものか」

イネスは優しく笑って愛翔を寝台の上に横たえる。そして、次の瞬間には身体を翻されていた。暴かれた秘所を指で割り開かれる。啜《すす》られるような感覚があった次の瞬間、射精感を堪《こら》えていた愛翔は茎をぴくぴくとさせながら、白い液を噴き出していた。

「あ……ああっ」

制御できない快感は、初めて体験したものだった。しかもまだ、そこは落ちつくどころか、新しく芯《しん》を持ち始めている。

「イネス……怖い」

浅い息をつきながら、首を傾け、後ろに顔を埋《うず》めているイネスに泣きそうな声で呼びかける。今まで自分で処理していた時は、出してしまったらそれで終わりだった。さらに、オメガ抑制剤によって、欲情をこれまで封じ込んできたのだ。欲情どころか――。

イネスに秘所を見られていることさえ、羞恥《しゅうち》なんて飛んでしまっている。いきなり舌で可愛がられたことだってそうだ。もっとしてほしい。でも、でも怖いのだ。

「初めて……なんだ。それなのに、こんなに淫《みだ》らになってしまうもの……なのか？」

泣きかけている愛翔に身体を寄り添わせ、イネスは愛翔の耳朶《じだ》を甘嚙みする。秘所に指を忍び込ませたままで。

「アイ、発情しているのではないか……？」

「えっ？」

愛翔は涙目で問い返す。耳朶を優しく噛まれるたびに身をくねらせながら。

「だ……って俺、この前の発情期は終わったばっかり……あ、やぁ、ゆび、もっと……っ」

しかもその発情期だって、中途半端にではあったが、薬で抑え込んでいたのだ。それなのに？

「おまえのなかが、潤んで柔らかくなってきている……アルファを受け入れる身体に……ほら……」

もっとと願ったのに、イネスは指を抜き、愛翔の手を取ってそこに触れさせた。愛翔は淋しくなってしまった自分のなかに、指を差し込んで動かしてしまう。

「あっ、や、なん、で……濡れてる……」

とろっとした液がとめどなくあふれている尻《しり》のあわい、さらにその奥へと、愛翔は指を差し込む。

「俺、女じゃない……っ」

水音をさせながら指を動かす愛翔の姿は壮絶に淫らだった。イネスがごくりと喉を鳴らした気配がする。

「あ、ああ……っ、届かない、届かないよイネス……」

さらに甘えたようになってしまう口調。イネスは愛翔の指を抜き、自らの長い指をぐっと差し込んだ。

「んっ、ん……っ！」

言葉にならなかったのはイネスに顎《あご》を捉《とら》えられ、濃厚なキスをされたからだ。ねじれた腰、唇の中で蠢《うごめ》く舌、秘所を犯す指――愛翔は再び上りつめていく。

「全て、アイが俺を欲しがってくれているからだ……アイ、アイ……っ」

イネスは愛翔の名でキスを貪《むさぼ》った。ぴちゃぴちゃと愛翔のなかをかき回す水音もさらに激しくなる。

熱い唇を受け止めながら漏れるのは、自分でも信じられないくらいに可愛い喘ぎ声。唇を食《は》まれながら、愛翔は懸命に訊ねた。

「こん、なの嫌じゃ……ない、か？　あっ……あん、まり、強く吸うな……っ」

「何がいけないんだ？」

イネスは愛翔の唇を吸いながら答える。

「だって、だってさ……男に、こんな声、出されて……んっ」

答えは、さらに激しくなったキスだった。誘い出され、愛翔も舌を絡ませる。

「ん、んん……っ」

「もっと……もっと聞かせてくれ、聞きたい……」

「は、ああ……っ、イネ、ス——」

「もっと……もっと」

「ん、あ、やぁ、もっと……っ、ゆび、イネスの、ゆび……っ」

二人の『もっと』が交錯する。

愛翔は息を継ぐ。そして懸命に口にした。

「オメガの、俺が、あふれだして、くる——っ、ああ……欲しい、イネス、欲しい……っ」

叫ぶような声とともに、愛翔は再び精を吐き出した。それでも後ろの液は乾くことがない。

イネスが、ゆるゆると指を動かしている。愛翔の腰の辺りで、イネスの雄も熱くなっていた。

「おまえに、触られて、発情したんだな……俺が、おまえの番、だから……」

「そうだ。アイ、おまえはなんて可愛いんだ……可愛すぎて、愛しすぎて、……俺は、もう壊れてしまいそうだ」

腰にぐりぐりと擦《こす》りつけられるイネスの雄は、もうはちきれそうに訴えている。

「俺に触って、こんなになったのか……？」

「俺も、おまえが欲しくてたまらないよ、アイ……」

それは「いいか？」と投げかけられているようで、愛翔は胸に甘い甘いものが満ちていくのを感じながら、身体を返し、イネスの雄に触れた。そして、無意識のうちに彼の着衣を解いていた。

「イネスの身体……すごい……」

彼の裸体を見たとたんにまた、愛翔を震わせるものがあった。神官王の時はあんなに清廉としているのに、この猛《たけ》った身体は同じイネスのものなのだろうか。愛翔もまた、残っていた衣服を解かれる。

「あ……」

あんなに激しく口や指で愛されたというのに、愛翔の中に今更、羞恥が押し寄せる。

イネスの心臓が、一瞬、どくんと大きく鳴った。

かと思うと、愛翔は再び身体を翻され、寝台の上に横たわっていた。美しい貌《かお》が見下ろし、銀の髪が頬を撫でる。その感触さえ、衝動を呼び起こす。

「食べられるって、こういうことなんだ……」

己の欲情のままに相手に向かう。自分をさらけ出す。それは、愛翔がずっと思っていた発情とはまったく違うものだった。

そこには、愛があったのだ。見つめると、ほら、唇が重なる――。それだけで身が歓喜で震える。

「あ……、早く、イネスに食べられたかった――」

「なんて淫らなことを言うんだ。俺のアイは……」

少し困ったような顔をして、イネスは紫の瞳《ひとみ》のきらめきを愛翔に降り注いだ。

「セルジオール古代言語では、同衾《どうきん》することを『この身を食べてほしい』と表した。その通り、御身の血肉になってしまいたい、ひとつになりたいと。……だが、俺と番になったら、アイはもうずっとオメガのままだ……元の世界へも戻れない。いいんだな」

「おまえと一緒に戦うよ。陰の剣の使い手になって、おまえと一緒にこの世界を救いたい」

愛翔もまた、イネスの目を見つめ返した。

「だから、俺を食べて、抱いて、愛して……なんでもいい、本当の番にして……おまえと、番になりたい」

愛翔は一糸まとわぬ姿のまま、身体を反転させた。そして、イネスにほんのりと朱に染まったうなじを見せつける。

「噛んで……」

首の後ろに鈍い痛みを、潤みきった秘所が脈打つものに穿《うが》たれる感覚を、愛翔は同時に味わった。

「愛している……！」

「あ、俺も……俺も愛してる……」

なんという一体感……互いの身体の境目がわからない。これが、ひとつになるということ。

愛翔の涙が、寝台を覆った絹の上にぽとぽとと落ちた。

俺は、本当に、本当に、発情するということがわかっていなかった……。

「苦しく、ないか？」

訊ねるイネスの声こそ苦しそうだった。つながって、溶け合って、このあとどうすればいいのか、オメガの本能が知っていた。ただ、愛しいアルファを包み込むこと。

愛翔は首を傾けた。

「イネス、幸せだよ……こんなに幸せなのは生まれて初めてだ。だから……おまえにならら、何をされてもいい……もっと、おまえのやり方で愛して……」

「……っ」

身も心も愛翔に包み込まれ、イネスは激しく愛翔のなかを己の雄で貪った。愛翔に苦痛などない。溶け合っているから――。

「アイ、俺は、俺は――」

言いながら、イネスは愛翔のうなじにキスを降らせる。うなじに唇が触れるたびに、愛翔のなかでイネスの雄は脈動した。悦《よろこ》んでいる。イネスが悦んでいる。それこそが愛翔の喜びであり、悦びだった。

そして……

「受け止めて、くれ……」

「あぁっ――」

愛翔の最奥に叩《たた》きつけられるイネスの種。愛翔のなかがイネスの雄と、その種で満たされる。愛翔は目の前が真っ白になった。

幸せで、そして身体中に降る快感が頂点に達して。

5

「だって、一秒も無駄にしたくないんだよ。イネスやセアや神官たちががんばっているのに、おまえの魂の番の俺が休んでいるなんて」

翌朝、甘い余韻に浸りたい思いはあれど、愛翔が陰の剣とシンクロする修行を始めたいと言ったら、イネスは「今日は休んでいろ」と言った。

「今日は無理だろう？」

そんなことない、と起き上がろうとしたら、足腰が立たなかった……。くったりと、そのまま寝台の上にくずおれてしまったのだ。あろうことか、拭き清められたはずの太股《ふともも》を、紛れもないイネスの――あれが……。

（な、なんで？）

「そうさせたのは俺だからな。今日はおまえのその心の分も俺が務めてくる」

イネスはあやすように愛翔の耳元で囁《ささや》く。

「そ、そういうこと、しれっと言うなよっ。そ、それもみ、耳の側で」

真っ赤になって耳元を押さえている愛翔を愛おしげに見て、イネスはとろけそうな笑みを浮かべた。

「その分、明日からがんばってもらうからな」

颯爽と神官服に着替えたイネスは、愛翔の顎を摑《つか》むと、一瞬、唇にキスをした。

「では、神殿へ行ってくる」

その顔はもう、清廉で凜々《りり》しい神官王の顔だった。「俺モード」から「神官モード」にスイッチが切り替わる、その瞬間を見たと愛翔は思った。

だが、俺は今日はおとなしくしていなければならないのか……。横になると、イネスに甘え、悶《もだ》えた自分のことを思い出してしまった。

(俺って、ツンデレだったのかな……)

以前は、愛想よいとはいえなかった。就活で笑顔を作ることを覚えたけれど、セアに、笑うことを少しずつ教えられたけれど、周囲に「冷たいやつだ」と言われていたことを知っている、自覚もある。

「……――!」

顔が燃えそうになってしまったが、身も心も甘えることを教えてくれたのはイネスだ。そして俺は、そうされることをずっと心の底で願ってきたんだ。イネスと番になって、はっきりとわかった。

だからこそ、少しでも早く彼の力になりたかったのだけれど……。愛翔はそっとうなじに触れた。そこには愛の勲章のような、イネスの噛み痕《あと》が刻まれている。

うなじを噛まれ、番を得たオメガに発情期は訪れない。

(あれが、俺の最初で最後の……発情だったのかな)

そう思うと、淋しい気がした。あんなに、発情したくなかったくせに……。

「ネシュー！」

窓の外から、イネスを呼ぶ元気なセアの声が聞こえてくる。その、明るくも無邪気な声が、愛翔をはっと我に返らせた。朝から何を発情のことばかり考えているんだ！

とにかく、明日から陰の剣とシンクロする修行を始められるよう、今日は言われた通りに身体を休めておこう。そして、ふと気づく。

——そういえば、俺、イネスに謝れなかったな……。

子どもの頃に出会っていたこと。女の子だと思っていたその子に、ずっと恋をしていたこと。以前、異世界に来たことがあるのに、黙っていたこと。

(イネスも俺に謝らなければならないことがあると言っていたけど……)

その時、外でゴロゴロと雷が鳴るのが聞こえた。雷は治まっていたはずなのに。

空は一気に暗くなり、やがて雨が降り始めた。

翌日から、やっと共鳴の修行が始まった。

祈りを捧げ、剣を掲げ持ったイネスが、祭壇の上に厳かにそれを置く。愛翔はその様子を固唾《かたず》を呑《の》んで見守っていた。いざ、陰の剣を目の前にして、緊張が高まってくる。側で、セアとモルトも見守っている。

「これが、陽の剣と対になる、陰の剣だ」

柄《つか》にも、鞘《さや》にも装飾がほとんどない、重厚な剣だ。再び剣を捧げ持ったイネスは、その刀身をすらりと抜いてみせた。陰の剣は、使い手と共鳴するまで、斬《き》ることができないのだという。鈍く光る剣が、さらに愛翔の緊張を高まらせる。

「持ってみろ」

言われるままに、愛翔は斬れない剣を両手で捧げ持とうとした——が。

（え……！）

イネスを見ていたらそんな感じは受けなかったのに、陰の剣はずっしりと、その重さを愛翔に伝えてきた。腕が震え出すほど……両手で捧げ持つのがやっとなのだ。

「重いだろう」

イネスは厳かな口調で訊ねる。愛翔は正直に答えた。

「重い……」

「最初はそうだ」

大切な剣を受け取り、イネスは言った。

「だが、おまえだから触れることができたのだ。私の魂の番であるおまえだから。神官の力を持たぬ者は、触れることさえできない」

イネスは再び剣を鞘に収め、愛翔の背中側に回り込んで剣を支えながら言った。

「抜いてみろ」

シンクロが聞いて呆《あき》れる。まともに持つことさえできなくて、まるで陰の剣に拒否されているようだと、愛翔は愕然《がくぜん》としていた。

言われた通り、イネスに支えられながら剣を抜く。剣はすらりとその姿を現した。セアがぱちぱちと拍手をする音が、張り詰めていたこの場の空気を柔らかくする。

「抜くことができてこそ、真の使い手であるあかしだ。これが、共鳴への第一歩なのだ」

イネスがそう言ってくれても、愛翔の心は沈んでいた。甘く見ていた。番になればすぐに成せるものだと思っていた自分が恥ずかしかった。

「そのように落ち込むことはない」

神官モードのイネスは、どこまでも厳かで穏やかだ。

「そう、なのか……?」

だが愛翔は彼に自分の弱さを受け止めてもらいたくなってしまう。もう一度、大丈夫だと言ってほしくて。

「大丈夫だ」

「うん」

その言葉を糧に、弱音を吐いている場合じゃないと気持ちを立て直す。共鳴を深めるための詠唱を教わり、抜いた剣を前に唱えていたら、セアがくいくいと衣服を引っ張り、窓の外を指差した。

また空が翳《かげ》っている。朝は青い空が見えていたというのに。ぐるる……と、モルトも角を振り立て、不穏な唸《うな》り声を上げた。

「最近、また天候が不安定だな」

イネスの目もまた、不穏に眇《すが》められている。

「日照りに竜巻、雷……次は雨か。ひどくならないように務めなければ」

気象の均衡は乱れたまま、民は翻弄《ほんろう》され続けている。

（魔女が笑ってるような気がする……）

強くなってきた風の音がユリアナの高笑いに聞こえて、愛翔は耳を塞ぎたくなった。均衡が崩れているのは魔術のせいではなく、陽の剣と陰の剣が魔界と人間界に分かれているからなのだが――。

（絶対に陽の剣を取り戻す。そして、絶対にイネスも渡さない！）

改めて剣に向かい、愛翔は詠唱を捧げた。そして、ぐっと柄を握る。持ち上げることすらできないが、剣先を下げて目を閉じた。

（我と、ひとつにならんことを――）

ただ、思い、願う。イネスは「どのような言葉でもいいから剣に語りかけるのだ」と教えてくれた。剣と心を通わせるということだろうか。

「肩に力が入りすぎだ。手も」

イネスが指摘する。見れば、柄を握っていた手には汗が滲《にじ》んでいた。

「剣に俺自身を伝えるんだと思ったら、つい……」

「おまえも優しく触れられる方が好きだろう？」

不意に耳元で囁かれる。甘い声が上がりそうになって、愛翔は慌てた。急に『俺モード』に戻るなよっ！　そして、完全に耳が弱いと把握されてしまっている……。

（セアがいるのにっ）

小声で訴えると、イネスは不敵な表情で笑った。

「今、モルトとともに出ていった」

ああ、おやつの時間か。神官としての力が増すごとに、セアの食欲は旺盛《おうせい》になっている。それだけエネルギーを使うのだろう。

「かといって、聖なる神殿でそんなことを言ってもいいのですか？　神官王どの」

不意打ちで煽《あお》られたことに反撃するが、イネスは再び耳元に唇を寄せてきた。

「俺たちは魂の番だ。力を合わせて聖剣を奪還するために励んでいる。セルジオールの神もお許しくださるさ」

そうして、顔を両手で挟まれて、キス。

どうなんだか……と思いながらも、意識は溶けていく。神の前でまるで誓いのキスのようだと、愛翔はうっとりとイネスの唇を受け止めていた。

愛翔の気合いとは裏腹に、陰の剣との共鳴は思うように進まないまま日が過ぎていった。剣を持てるようにはなってきたのだが、未《いま》だ、振りかざすには至らない。

（完全にシンクロできたら、自由に操れるようになるんだろうな）

イネスは静かに見守っている。時々、力の入れ具合を注意されるくらいで、これ以上、教えられることはないのだという。

「剣を持てるようになったのだから、大きな進歩だ」

そう言って励ましてくれるが、彼が空を見上げて時折滲ませる厳しい表情が、愛翔は気にかかっていた。

雨が続いているのだ。川の水量は増し、農作物にも被害が出ている。イネスは一心に祈りを捧げ、セアは一生懸命にその姿を真似ている。愛翔は共鳴を試みて、陰の剣に語りかけている。

（我と、ひとつにならんことを……お願いだ、俺をもっと受け入れてくれ……！）

湿った雨の匂《にお》いが愛翔を焦らせる。

（俺が、もっと早く……もっと早く、イネスと番になっていたら）

世界を救えなかったら俺のせいだ、そんなふうに思ってしまう。イネスはもちろん愛翔を責めたりはしないが、愛翔は自分を責めていた。愛する者と力を合わせることの尊さを、やっと知ったばかりだった。

――どうか、遅すぎませんように。

だが、愛翔の思いをユリアナがあざ笑うかのように雨は降り続き、そして怖《おそ》れていたことが起こった。次第に風も強くなってきたと思っていたら、見る間に大嵐《おおあらし》へと発展したのだ。

嵐は三日三晩、荒れ狂い、セルジオールではいくつもの川が決壊して大洪水に襲われた。その間もずっとイネスは祈り続け、愛翔は剣との共鳴を試みていた。あまりに雨風が強いので、セアは怖がってモルトにしがみついていた。

まるで絶叫のようなイネスの詠唱が心に刺さる。ふっと事切れてしまうのではないかと思うほどの集中力に、愛翔はイネスが意識を失うのではないかと怖かった。前の時もこうやって倒れたのだろうか。

「頼むから、少し休んでくれ……！」

呼びかけると、イネスはこんな時なのにふと口元をほころばせた。

「おまえがくちづけてくれたなら」

愛翔はイネスの腕を掴み、背伸びをして彼の唇にキスをした。すると、ふわりと抱きしめられた。

「ありがとう……このままおまえを感じさせてくれ……それが私の力になる」

そう言って、優しく優しく髪を撫でられる。

神聖な儀式のように、二人はしばらく抱き合っていた。今、俺にできることはこれくらいだから……。だが、抱き合っているのに、イネスの心はどこか遠くにあるような気がしてならない。

「……どこへも行かないよな？」

愛翔はイネスの目を見つめて訊ねずにはいられなかった。

「俺を置いて、どこへも行かないよな？」

「どうしてそんなことを言う？」

静かな声に、どこか淋しげなものが潜んでいる。愛翔はイネスを強く抱きしめていた。


翌日、嵐はようやく過ぎ去った。セルジオールの地に、深い爪痕《つめあと》を刻んで。

「ひどいな……」

まだ、時折強い風が吹きすさぶ中、愛翔は市街地の被害を目の当たりにして、心を痛めていた。隣ではイネスが厳しい表情で周囲を見渡している。

だが、大きな建物が並ぶ中心地はまだいい方だった。街から外れて、農村の方へと行くほど、その惨状は、思わず目を覆いたくなるような凄惨《せいさん》なものだった。

橋が壊れ、集落は冠水して、板造りの家は流されてしまっている。先の日照りの中でも生き続け、もうすぐ収穫を迎えるであっただろう果実が、枝から落ちて川に浮いていた。

呆然と立ち尽くす人々、膝《ひざ》からくずおれて泣いている人々、民の姿はいたましかった。

その中で、布をかけた荷車を押しながら行き交う人々を何度も見かけた。

「あれは？」

「埋葬に向かっているのだろう」

「埋葬？」

では、皆、流されて、溺《おぼ》れて……？

愛翔は思わず目をぎゅっと瞑った。……見ていられなかったのだ。だが、隣で祈りを捧げるイネスに倣い、愛翔も深く頭《こうべ》を垂れた。

「……俺のせいだ。俺がもっと早く……」

「おまえが陰の剣とともにいてくれたから、今、嵐を小康状態にできたのだ。私の力だけでは、嵐を鎮めることはできなかっただろう」

イネスは愛翔の言葉を遮った。

「おまえが魂の番として、陰の剣の使い手として側にいてくれたから」

「で、でも、また嵐が起こるっていうのか……？」

「おそらく」

イネスはまだ暗雲が立ち込める空を仰ぐ。

「……これまでか」

それは明らかにひとりごとだった。だから、愛翔はその言葉の意味を問いかけることができなかった。

城に帰るまで、そのままイネスは黙り込んでいた。民や国の惨状を憂うその一方で、何かを考え込んでいるように。愛翔も言葉を発しなかったが、ひたひたと、とある不安が押し寄せてくるのを無視できなかった。

「今日は我々も身体を休めよう。明日からまた務めるために」

「わかった……」

イネスの部屋で簡素な食事をとったあと、愛翔は、自室に戻ろうとした。セアはもう、モルトとともに寝てしまっているだろうか……だが「おやすみ」と言って扉を開けようとした時、イネスに呼び止められた。

「話がある」

嫌だ、聞きたくない。本能的に身体を強張《こわば》らせてしまったが、愛翔は振り向いて、できるだけ笑顔を作った。

「なんだよ、改まって」

神官王の瞳のままで、イネスは愛翔をじっと見つめている。嫌なふうに高まる鼓動を抑えながら、愛翔は長椅子のイネスの隣に座った。

「私は、ユリアナのところへ行く」

なんの前置きもなく、イネスは愛翔を見つめたままで言った。

「私の身と引き換えに、陽の剣を取り戻す。このほころびを止めるには、もうそれしかない」

心臓に杭《くい》を打ち込まれたような衝撃だった。さっきから嫌な予感はしていたけれど、そんなものは、心の準備にも、なんにもなっていなかった。

「……俺が、もっとがんばるから」

気がついたら、おかしいくらいに震える声で、愛翔はそう言っていた。イネスの腕をぎゅっと摑んでいた。

「だから、そんなのはだめだ……言わないでくれ。二人で陽の剣を取り戻しに行こう」

な、とイネスの顔を覗《のぞ》き込む。が、彼は静かに首を横に振った。

「見ただろう？　今日の惨状を。私は神官王としてこれ以上――」

イネスとて、その言葉を告げるのは辛《つら》いに違いない。だが、彼の目には一点の曇りもなかった。

「ほころぶ世界を、民の犠牲を、この身をもって止めなければならないのだ」

「そんな……」

凛《りん》としたイネスに対し、愛翔は呆《ほう》けていた。あまりにショックを受けると、心がついていかないのだということを知る。

「私は、陽の剣を先にこの世界に戻してから、ユリアナのものになるつもりだ。あやつにとって陽の剣は、私を自分のものにするための道具でしかない。だから、執着はないはずだ。すぐに取引に応じるだろう」

「だったら、そのまま剣を奪って神殿に戻ればいい。魔力が効かない俺とセアがいるんだ。きっとできるさ……！」

なんとかなる、きっとできる。不確かな思いだけが、空回りしながら先走る。

「そうすれば、サルスが兵を引きつれて攻め込んでくるだろう。サルスは魔界から出ることはできるが、長く魔界にいるために魔を帯びて神殿に入ることはできぬ。だが、民を襲うことはできるのだ」

「……じゃあ、なぜ今までそうしなかったんだ？」

愛翔は食らいついた。

「きっと何か、そうできない、やらない理由があるんだろう」

先ほどから、「きっと」とか「何か」とか不確かなことばかりを言っている。だが、愛翔は必死だった。行かせたくない、その一心で。

「ユリアナは、私から『剣を返してくれ』と屈服することを望んでいるのさ。そのために、セルジオールがじわじわと滅びていくのを見ながら、楽しんでいる。だから急襲させなかったのだろう」

「そんなやつに頭を下げるのか、いや、身を差し出すのか……！」

愛翔の訴えには答えず、イネスは淡々と話し続ける。もう、覚悟を決めてしまった者は、こんなにも静かなのか。その静けさが愛翔は哀しくてならなかった。

「陽の剣は、魔界を出れば封印が解けやすくなる。おまえの力で封印を解いてくれ。それは陰の剣の使い手にしかできないことなのだ」

「封印が解けたって、イネスがいなかったら、誰が剣を司るんだよ……！」

「セアがいる。どうか、セアの力になってやってくれ。セアにはまだまだ神官王としての能力が秘められている。それを引き出してやってほしい。セアならできる。おまえならできる……アイ」

優しくアイ、と呼ばれ、愛翔の心は決壊してしまう。

「嫌だ。行くなよ……俺を置いて行かないでくれ。イネス、愛してる。離れないで……！」

愛翔はイネスを抱きしめていた。イネスの崇高な姿に比べれば、それは単なるわがままかもしれない。だが――。

「行ってしまうなら、どうして俺たち番になったんだよ……っ」

頭を引き寄せ、愛翔はイネスの唇を奪った。あんなに溶け合ったのに。ひとつになったのに……。

「……そうだな」

ややあって、イネスは答えた。

「おまえを呼び寄せたのは、この俺だった」

背中にイネスの逞《たくま》しい腕が回る。抱きしめられ、抱きしめ返す。

「わかった。そんなにも引き留めてくれて嬉しい。俺だって、おまえを置いて行きたくなどあるものか……おまえと離れるなんて、心がちぎれそうだった」

「イネス……」

自分の思いばかりで突っ走って、俺はイネスの心がわかっていなかった。「ごめん」と見上げた愛翔の唇に、キスが降る。

「陰の剣の使い手となったおまえとともに戦いを挑む。もう少し、神官王としてやってみる」

「本当だな？　本当に行かないな？」

「ああ」

「俺、明日にでも陰の剣と共鳴してみせる。だから、行くな——」

「アイ……」

ひとしきり、二人は唇を交わし合った。呼吸も苦しくなるような、おまえのキスが大好きだ……。

愛翔はイネスの唇に溺れ「離さないで」と口にした。合わさる角度が変わる時、深さが変わる時、息を継ぐ時、何度も、うわごとのように。

「すまない。おまえの心をわかってやれなくて」

静かに、イネスの唇が離れる。追いかけようとした愛翔の唇に、イネスはそっと指を触れた。優しい仕草なのに、愛しげな仕草なのに……心にふっと浮かび上がった思いに、愛翔は気づかないふりをする。

「だが、これだけは頼んでおく。今後、俺の身に何かあった時は、俺の番として、まずは何よりも民の安寧を優先してくれ」

「何かなんて……」

愛翔は弱々しく答えた。そんなこと、今、行かないと言ったばかりなのに。

「神官王は、番にあとを託す決まりだ。次の神官王が立つまでその志を担う。どうか、誓いを」

愛翔の目の前に、イネスの手が差し出される。逞しいのに、どうしてこの手はこんなにもしなやかなのだろう——愛翔はその手に静かにくちづけた。

「これでいいのか？」

「……ありがとう」

慈愛に満ちた微笑……おまえは今、どちらのイネスなんだ？

神官王としてのイネスは世界のものであり、民全てのものだ。だが、俺モードのイネスは、俺だけのイネスだ……。

「抱いてほしい」

愛翔は乞《こ》うようにイネスを見つめた。

「おまえとひとつになりたいんだ。イネス……」

ひとつになって、離れられなくなりたい。俺ががんばるから、本当にがんばるから、おまえを行かせない。

イネスはふっと微笑んで、愛翔を長椅子に横たわらせた。

「俺もだよ、アイ……」


終始穏やかだったイネスだが、肌と肌を合わせてからというもの、情熱的になった。それでいて、愛翔の身体の諸処に、とても大切に、丁寧に触れる。愛翔は今、身体中へのキスを受けていた。唇、こめかみ、耳の下のくぼみ、鎖骨、背骨——指のあわい、爪先《つまさき》。そして乳首——。

「んん……あっ、いい、きもちいい、イネスのキス、すき、すきだ……っ、ああ……っ」

喘ぎで言葉にならなくなると、目で訴える。イネスが包み込むような目で応《こた》えてくれる。

愛翔は諸処へのキスだけで何度も達し、足の付け根には、後ろからこんこんと湧《わ》いた液が水たまりを作っていた。

「なん、で……俺、はつ、じょうしてる……っ」

秘所から垂れるとろりとした液は、どのように熱く固く猛ったイネスの雄であっても受け入れることができるあかし。触れられずに勃ちあがった茎は、自分自身が悦んでいるあかし――。

だが、番を得たオメガに発情期が訪れることはないはずなのに？

「俺に触れられて発情したんだ……アイ、泣きたいくらいに嬉しいよ……」

「はあ、ああっ」

そんな――じゃあ、肌を合わせるたびに発情してしまうってこと？

「嫌か？」

少し不安げなイネスの目……バカだな。嫌なわけないじゃないか……。ただ、発情したくなかった自分が、こんなふうになってしまうってことが信じられないだけ。

「ううん……」

甘えるように、愛翔はイネスの首元に頭を擦りつけた。

「入っていいか……？　アイ」

どうしてそんなに優しく聞くんだ？

甘い声は嬉しいけれど、優しい口調に淋しさを感じてしまうのはなぜ……？

「んっ、イネスと、俺を、ひとつに、してくれ……っ」

「アイ、アイ、愛してる――アイ……――」

膝裏を押さえられ、三度、名前を呼ばれたことまではわかった。だが、イネスがなかの襞《ひだ》をかき分けるようにして入ってきた時、頭が真っ白になった。

イネスのかたちに開く、自分の身体が誇らしい。イネスに揺さぶられながら、愛翔は恍《こう》惚《こつ》の海に堕《お》ちる。襞を収縮させ、締めながらイネスをもっと奥へといざなっていることも知らずに。

「ああ、あ、イネ、ス……」

どこにいるんだ?

目が、霞《かす》んで、気持ちよくて、見えなくなっていく。探すように上へと伸ばされた愛翔の両腕にくちづけて、イネスはつながったままで愛翔を膝の上に引き上げた。

「ううぅ……ん……っ」

引き上げられる時に、愛翔の知らない角度でなかを擦られ、甘い息をつく。

気がついたら、イネスの膝の上で抱き合い、腰を揺らめき合わせていた。なかがとろけて、互いの境目がわからなくなる感覚――イネスが俺のなかに放った。ああ、ひとつになれたんだ……。

「イネス……すき、だよ……」

絶頂の限界を超え、愛翔は堕ちていく。

＊

そのまま眠ってしまった愛翔の目元にくちづけ、イネスはそっと愛翔の身体を寝台に横たえた。

身体を清めて、自分も水を使う。愛翔の精液や涙など、愛し合ったその痕跡《こんせき》を洗い流すのは辛かった。それでもイネスは禊《みそ》ぎを終え、神官王の衣装を身につける。

（もし子ができていたら、大切に育ててくれ……）

無責任かもしれない。愛翔には恨まれるだろう。

だが、私には使命がある。おまえより大事だとか、そういうことではないのだ。わかってはもらえないだろうが――。

「愛しているから、ずっと」

囁いて、イネスはキッと視線を外す。そして足音を忍ばせ、部屋の外に出た。

（モルト、いるか？）

セアが眠る部屋の前で呼びかけると、すでに身体を大きくしたモルトが、すっ——と目の前に現れた。凜と立った角が美しい。

「セアはよく眠っているか」

うなずくように、モルトは首を振り上げる。

イネスはセアの眠る寝台の傍らに膝をつくと、黒い髪の毛をほんの少し、切り取った。

大切に絹の布に包み、懐へとしまい込む。

(少々、おまえの力を貸してくれ)

楽しい夢でも見ているのだろうか、セアは笑顔のままで眠っている。

——おまえにも、どれだけ助けられ、癒やされたことか……。

(あとは頼んだぞ……アイと一緒ならば、おまえならきっとできる)

雨の匂いがする。感傷に浸っている時間はない。

「では、急ぐぞ。セアが目を覚ますまでに、おまえを戻さねばならん」

イネスを背に乗せ、激しくなっていく雨に打たれながら、モルトは夜の中を駆けていった。

——セルジオールと魔界の境界、あの結界まで。

結界の前に佇《たたず》んだイネスは、セアの髪を一本、その空気の壁に吹きかけた。これで、まずは魔界に入らずともユリアナと交信できるはず……。

空気の壁がぐにゃりと歪《ゆが》む。初めてやってみたが、上手くいった。イネスは胸を撫で下ろす。

（ありがとう、セア……）

だが、本当の取引はここからなのだ。イネスは結界の向こうへと呼びかける。

「ユリアナ」

――イネスではないか。

すぐにユリアナの声が聞こえ、禍々《まがまが》しい美しさを湛《たた》えたユリアナの姿が、魔界の虚空に浮かび上がった。

声だけではなく幻影まで呼び出すとは……イネスは改めてセアの底知れぬ力に驚く。

ということは、ユリアナにも私の姿が見えているのだろう。丸腰で、ひとりやって来た私が。

――どうした？　おまえからやって来るとは。ついに音をあげたか。

くっくっ、と扇の向こうで笑っている。カンに障る笑い声だが、イネスは包み隠さず答えた。

「そうだ。私はおまえのモノになろう。だが、その前に約束は守ってもらう」

——約束とは……はて、何かあったかえ？

「わかっているくせに、しらじらしくとぼけるな」

イネスは声を荒らげた、ユリアナは今度は猫撫で声で答える。

——わかっておる、陽の剣のことだろう？　そのように睨《にら》むな。美しい貌が台無しぞ。剣はすぐにサルスに用意させよう。

剣が運ばれてくるのを待つ間、ユリアナは問うてきた。

——それにしてもおまえ、どうしてこのようなことができるようになった？　結界越しに、魔界の外から妾《わらわ》に話しかけるなど。神官の力は魔界のものには通用しないというのに。

「私がいなくなっても、神官の力はより大きくなって受け継がれていくということだ」

——あの、魔が効かぬ赤子か。そして、一緒にいた男……昔、バラ園からおまえを逃がしたのは、あの男だろう？

「その話をおまえの口から語るな！」

——おお、こわ。

イネスの剣幕に、ユリアナはからかうように肩をすくめる。趣味の悪い仕草だった。

愛翔との初めての出会いを――そうだ、私はとうに確信していたのだ。それなのに、黙っていたことをおまえに言えぬまま……。

――ふん、どうせ飲まず食わずで吊《つ》るされて、今頃は骸《むくろ》に成り果てて朽ちておるわ。おまえさえ手に入れば妾には関係ない。

（ユリアナは、愛翔が生きていることを知らないのか？）

それは好都合……おおかた、サルスの小心者が、愛翔に逃げられたことを隠そうと別の骸でも用意したか。これでセルジオールはもう、この魔女から目をつけられることはないだろう。

そこへ、サルスが陽の剣を携えて到着した。もともとセルジオールの神官だったサルスは、神官の力は失ったが、そもそも魔界の者ではないので、剣に触れることができる。彼はわかりやすく不満そうな顔をしていたが、ユリアナに逆らうことはできなかった。

「その剣を、結界の外へ」

イネスが言うと、ユリアナは顎をしゃくった。

「イネスの言う通りにせよ」

サルスは結界の外に手だけを出し、セルジオール側の地面に置いた。

やっと戻ってきた陽の剣――イネスは抱きしめ、サルスとユリアナが結界の向こうからその様子をじっと見ている。

封印を解くには神殿へ戻らなければならない。自分が今、疑わしい行動をとれば、サルスが軍を引きつれて一気に攻め込んでくるだろう。迎え撃つ力など、今のセルジオールにはない。

イネスはモルトの背に、陽の剣をくくりつけた。

「行け」

ひと声、哀しげに遠吠えをして、モルトは神殿の方向へと駆けていった。

「これでいいだろう」

「ああ」

ユリアナは満足そうに笑い、サルスはイネスを結界の中へと連れ込んだ。とっさに、胸が締めつけられ、身体が痺《しび》れてくる。イネスはセアの髪の毛が入った小袋をぎゅっと握りしめた。

すっと呼吸が楽になる。だが、愛翔奪還の時はセアそのものを背負っていたが、今は髪の毛が少しだけ。長くはもたないだろう。それでも、セアの力が我が身を楽にしてくれることに感謝を覚え、イネスは今更ながらに、セアを愛しく思っていたことを感じていた。

一方、ユリアナはいつの間にか実体となってイネスの前に立っていた。夜目にも赤黒いバラの前に立つその姿は、ぞっとするほど、外見は——美しかった。

「待ちかねたぞ」

「……」

イネスは答えない。勝ち誇ったユリアナを前に、結局、自分はこうするしかできなかったことが悔しくて。

「では、明日にでも結婚式だ。また逃げられては敵《かな》わぬからな」

いくつもの指輪をはめ、長い爪を黒く塗り施したユリアナの指がイネスに伸びてくる。顎をぐっと捉えられた時だ。とたんに、その箇所に火傷《やけど》したような痛みが走った。

（セアの髪の毛も、もはやこれまでか……）

「ひとつだけ、約束してもらいたい」

「なんだ？　今日は、妾は至極機嫌がよいので聞いてやろうぞ」

「結婚式まで、一切私には触れないと」

「なにゆえ？」

赤みを帯びた目が眇められる。

「神官王としての聖なる力が完全に消えるまで待ってほしい」

「ふん、この期に及んで未練か。完全にふっ切れるまでというわけだな」

「なんとでも言うがいい」

魔女は高笑いをした。ひゃっひゃっとカンに障る笑い声だ。ユリアナは、魔力で自分の年齢を止めているのだろう。いったい何年生きているのか。

「いいだろう。長い間待ったのだ。お利口に自分からやって来たご褒美として、それくらい待ってやろう」

くちづけようとしていたのだろう、ユリアナはイネスの顎にかけていた指を解いた。

「どうせ、もって一日だ」

セアの力を少しは借りたものの、魔界に足を踏み入れただけで一気に神官の力は衰え、その間、身体は蝕《むしば》まれる。

だが、魔女と交われば次第に身体が馴染《なじ》み、魔界で楽に息ができるようになるという。サルスもそうだったのだろう。考えただけでイネスは吐き気がした。セルジオールから拉《ら》致《ち》してきた、サルスの軍の者たちもきっと……なんという悪趣味だ。

その悪趣味を自分も受け入れなければならないのだ。だが、それでいい――。セルジオールと懐かしい民たち、セアや愛翔が救われるならば。

まだ陰の剣との共鳴を果たしていない愛翔は、サルスの軍に歯がたたない。魔力が通じなくても、戦いの経験はないのだから。セアは魔をはね除《の》け、高い神官の力をもってはいるが、その力も、まだ未知数だ。そして何よりも、陰の剣と共鳴しなければ、陽の剣の封印を解くことはできない。

（アイならきっと、やってくれるはずだ）

イネスは愛翔を信じていた。

「さあ、我が恋人よ、城の中へ入るがよい」

ユリアナの言葉はイネスの中で凍りついて、なんの痕跡も残さない。イネスは黙って、いざなわれるままに魔女の棲《す》む城へと足を向けた。

＊

「イネス！」

早朝、愛翔が目覚めたら、隣で眠っているとばかり思っていたイネスがいない。辺りにも気配がない。愛翔は血の気が引くのがわかった。

「まさか……」

神官服がない。そこへ、セアが慌てて駆け込んできた。いつもバラ色の頬が、真っ青になっている。

「アイちゃ！」

そこには、背中に剣をくくりつけられたモルトがいた。くうん……と哀しげに鳴いて足元にすり寄ってくる。

（ご主人さまが……）

そう言いたげなモルトから、くくられた剣を外した。陰の剣よりもずっと軽く、装飾が施された、金に輝く剣だった。

「これは……」

「ようのけん」

セアは泣きそうな声だった。

「ネシュ、まじょいった」

茫然《ぼうぜん》とする愛翔を、セアの小さな手が揺さぶる。

「まじょいったー！」

約束したのにどうして——泣きだしてしまったセアの頭を撫でながら、愛翔は思った。

イネスが俺たちを置いて、行ってしまったんだと。

だが、こうなることはわかっていただろう？　と言う自分もいた。洪水の爪痕を見た日から、イネスは笑っても、瞳が翳っていた。

あの時にはもう決めていたんだ……。

(だったら諦《あきら》めるのか？　俺の力が足りなかったと悔いるのか？　魂の番を失って、これから泣いて生きていくのか？)

あいつだから、イネスだからそうしたんだ。俺は、世界と民の前に、身を投げ出すあいつだからこそ好きなんだ。

愛翔の心の奥からふつふつと湧き上がるものがある。

イネスは、神官王に何かあった時は、番にあとを託すのが決まりだと言っていた。イネスの手にくちづけたあの誓いを——。

俺は、俺のやり方で成し遂げる！

「セア、神殿へ行くぞ！」

「アイちゃ？」

不思議そうに泣き顔を上げたセアは愛翔を見つめ、やがて笑顔になった。

「いく！」

着替えた愛翔は、陽の剣を抱きしめた。不思議な暖かさに包まれる。まるで春の日射しのようだ。まだ封印を解いていないのに、陽の剣は愛翔の心を温め、ふわりと幸福感で包んだ。それはそのまま、愛翔の勇気と決心になる。

諦めない。俺は、世界と民の安寧も、おまえも諦めない。

神殿に入った愛翔は、陽の剣を祭壇の中央に据え、すらりと陰の剣を抜いた。剣はまだ重い。だが、剣を振り上げた愛翔は、そのことさえ感じてはいなかった。

(頼む。陰の剣、どうか俺に力を。俺の愛する男のために。あいつの愛するこの世界と民のために)

「ら、りゅーす、ちゃらりん……」

セアはちっちゃな手を組み合わせ。ひざまずいて詠唱を唱え始めた。モルトはひときわ高く、遠吠えをする。

俺は行く！　この世界もイネスも諦めない！

「やあ――――っ！」

雄叫《おたけ》びとともに、陽の剣の封印めがけ、剣を振り下ろした。次の瞬間、剣に巻きついていたバラの蔓《つる》が塵《ちり》となる。はらはらと舞い落ち、それはやがて消えていった。

ドクンっ！

愛翔もセアも、モルトも、陽の剣が息を吹き返し、鼓動したのを感じた。まばゆい輝きを放ち、神殿中が光に包まれる。

「これが、陽の剣……」

声に出した時だ。

陰の剣が軽くなったかと思うと、身体の一部になったかのように、しっくりと馴染んだ。何が起こったかわからなくて、愛翔はしばし立ちすくんだ。その間も、陰の剣は愛翔自身の血流のように、ドクドクと脈を刻んでいた。

「アイちゃ」

セアがにこにこしながら、手をぱちぱちと叩いている。

「もしかしたら、これがシンクロということなのか？」

見る間に降りそぼっていた雨が上がり、空が晴れ渡っていく。しばらくして、陽の剣の封印が解かれたことを感じた神官たちが、神殿に集まってきた。

「おお、雨が……！」

「番どの、もしや陰の剣と共鳴を？」

彼らも驚き、だが喜びの表情を湛えている。陽の剣は完全に封印を解かれ、陰の剣は使い手と共鳴したのだ。

それならば、今から行くしかない。

身体を大きくして待ち受けていたモルトに、愛翔は陰の剣を提げて飛び乗った。

「セア、あとを頼んでいいか？」

「んっ！」

「我らもセアどのと一緒に」

「よろしくお願いします！」

皆に見送られ、愛翔はモルトとともに魔界へと向かった。モルトは飛ぶように、目的地へと向けて駆けていく。


（待ってろイネス、すぐに行くからな……）

イネスが夜半に魔界に入ったとして、半日以上が経っている。魔界に入った神官王の力は、一日もたないとイネスは言っていた。身体が痺れ、火傷したように皮膚はただれると。

イネスにそんな苦しみを味わわせたくない。

俺を助けてくれた時、イネスはセアとともに魔界に入った。あの時負ったイネスの傷は忘れられない。今は魔力を撥《は》ねつけるセアもいない。時間も経っている。どれだけ苦しい思いをしているかと思うと、愛翔の胸は苦しみではちきれそうだった。

ややあって、結界に到着した。陰の剣で結界を切り裂くと、結界付近の淀《よど》んでいた空気がすうっと晴れる。モルトは勢いよく角を振り上げた。

「モルト、一緒に来てくれるか?」

おともします、とモルトはひと声吠えた。本来ならば、神獣であるモルトも魔界に入ることができないのだが、愛翔がシンクロしたことで、陰の剣が魔界の大気を浄化したようだった。

「苦しくないか? 行くぞ!」

モルトはうなずくように角を振り立て、愛翔を乗せて駆け出した。

「わかる……イネスの気配がわかる!」

きっと、俺たちが魂の番だからだ。ひとつに溶け合った俺たちだからだ。

ユリアナの棲む城を取り囲むように蔓が絡む、赤と黒のバラ園を跳び越えていく。封印と同じように、蔓は陰の剣によってたち斬られ、あとは塵が舞うだけ。絡みあった太い蔓も、鋭い棘《とげ》も、愛翔を阻むことはできなかった。

すごい……あれだけ語りかけてもシンクロしなかったのに。今はまるで、腕の一部のように動くのだ。

きっと、俺に足りなかったのは心を無にするということだ。あの一瞬、なんの雑念もなかった。上手くいくだろうかとか、今度こそ、とか……。

「やーっ！」

愛翔は城門から突き進んできた兵たちに向かい、剣を振りかざす。モルトが弧を描いて跳び、その頂点で愛翔は願いを込めた。

（どうか、拉致されたセルジオールの人たちは助けて！）

すると、兵の約半数が塵となり、残った兵たちは「え？」という目で立ち尽くす。半分の兵は作り物、そしてあとの兵たちは魔術が解けたのだ。

「おまえ……魔界の外に逃れておったのか。おのれ、やはり殺しておくべきだったわ！」

兵を率いていたサルスは、歯噛みしながら屈辱と怒りで震えている。愛翔はその前に降り立った。

「陰の剣と共鳴しおったか！」

かつて神官として仕えたサルスだからこそ知っていた。共鳴がいかに難しいことか。そして、使い手と共鳴した陰の剣が高い能力《ちから》を発揮することを。だから、これは敵うものではないということをサルスは悟った。

魔力をもたず、陰の剣を前にしたサルスは、なんの力もない者に等しい。陰の剣の使い手、愛翔の敵ではなかった。サルスは舌打ちをして、みっともなく退散していった。ここに留《とど》まったとしても、ユリアナの制裁は避けられないからだ。

「行くぞ、モルト、あっちだ！」

イネスの気配が濃くなり、愛翔に居場所を示す。愛翔が指差した先には、漆黒の城があった。禍々しい気が満ちていて、魔が効かない愛翔でも気分が悪くなる。

「イネス、どこだ！」

今行くからな、待ってろよ。名を呼びながら気配をたどった先は、大きな黒い鉄の扉だった。愛翔は陰の剣に思いを込める。

(俺に力を！　この扉を破って中へ入る！)

思いはすうっと身体に溶け込み、柄を握る手へと伝わった。剣がドクンと鼓動する。愛翔は剣を振るった。とたんに扉は軋《きし》んだ音とともに開き、愛翔とモルトは素早く中へと飛び込んだ。

そこは奇妙な空間だった。扉の中には何もなく、愛翔はモルトの力で宙に浮いている。真っ暗だが、下の方から確かにイネスの気配がする。そして人々が蠢く気配。暗闇に目が慣れてくると、部屋の下方が見えてきた。どうやらここは、高い吹き抜けの部分だったようだ。

その底では、不思議な匂いの香が焚《た》かれ、そこかしこで揺れるろうそくの炎が、辺りの様子を浮かび上がらせていた。見えるのは、玉座が二つ。それぞれに魔女ユリアナとイネスが座り、黒マントに黒いドレスの魔女たちが、何やら歌っている。聞いたことのない、奇妙な旋律だった。

（イネス！）

ユリアナは黒いベールをまとっている。片や、妖《あや》しく光る黒い衣装を着せられたイネス。もしかしてこれは、結婚式なのか？

イネスはまるで人形のように生気を失っていた。指輪をはめられ、魔女の毒々しく赤い唇が近づく。

「モルト！」

愛翔の声に、愛翔を背に乗せたまま壁を跳び、ユリアナとイネスの前に降り立った。

「何事ぞ！」

「曲者《くせもの》だ、出会え！」

魔女たちがわめき、愛翔めがけて波動のようなものが放たれる。だが、それらは全て愛翔を避《よ》けて素通りしていった。

「こやつ、魔が効かぬぞ！」

「馬鹿を言え！」

騒ぐ魔女たちに向け、なんとモルトが炎を噴いた。魔女たちはさらに慌てふためき、場は騒然となる。

「ユリアナさまを守るのじゃ！」

「ユリアナさま！」

モルト、おまえ、そんなことができるのか？　驚きと騒ぎの間を縫って、愛翔はイネスを奪還することに成功した。

「何やつじゃ！」

イネスを腕にしっかりと抱きながら、愛翔はユリアナが投げつけた扇を剣で受け止める。とたんに、扇は黒い塵となった。

「イネスは返してもらうぞ！」

「妾の扇をも跳ね返すとは、おまえは昔、イネスを逃した者か！　しかし、あやつは鎖で吊るしたはず……。サルス！　あやつは死んだのではなかったのか！」

サルスはとっくに逃げ失せていた。ユリアナは舌打ちをして呪文《じゅもん》を唱え、愛翔めがけて憎しみを湛えた表情で両手を突き出した。

「燃えてしまうがいい！」

だが、何も起こらない。

何を試みても魔の効かない愛翔に、ユリアナは唇をわなわなと震わせ、屈辱に耐えていた。だが、どうすることもできない。やがて全身から怒りを発するかのように、身体から黒い炎が燃え立ち始めた。

「イネスの魂の番を見くびるな！　イネス、イネス、しっかりしろ！」

「おのれ……」

ユリアナは我が身を燃やし続けていた。黒い炎に包まれて、ベールが焼け落ち、灰になる。これが魔女の最期なのか？　目を背けたくなるようなその傍らで、愛翔は人形のように生気のない、イネスの唇にキスをした。

「イネス、目覚めてくれ。二人でユリアナの最期を見届けるんだ！」

キスを繰り返すたびに、少しずつイネスの身体に血が通い、温かくなる。顔にも少しずつ生気が戻る。

「アイ……？」

「そうだ、愛翔だ！」

「なぜ……おまえがここに……」

まだ弱々しいイネスの声は、突如ユリアナの高笑いによってかき消された。

「最期だと？　よく見るがいい！」

　あっという間に禍々しい気が満ち、燃え堕ちた灰の中から何かが揺らめいた。それは次第に輪郭を顕《あら》わにし、やがて二人の前に、三つの顔に鋭いかぎ爪の足までも持つ、蛇のような化け物の姿が現れた。

「本性は化け物だったのか……魔力で女の姿を保っていたのだな……」

「なんて姿だ……」

　愛翔は思わずイネスをぎゅっと抱きしめた。モルトは「ぐるる……」と唸り声を上げている。

　化け物は足を踏み鳴らし、ぬめぬめとした黒い尾で地面を打った。

　とたんに建物は崩れ落ち、三つの頭が吐いた爆風で、二人は抱き合ったまま、モルトとともに吹き飛ばされた。

　吹き飛ばされたそこは、魔の山、アラント山の頂《いただき》だった。城は跡形もなく、立ち枯れの木々やバラが、気味悪く暗闇に浮かび上がっている。

　三つの蛇の顔はそれぞれ、赤い舌をちらちらさせていた。前を見る者、そして右と左を見る者……蛇の視界は二人を余すところなく捕らえてしまう。

「だが、まだ背後がある」

　イネスが呟いたと同時に、化け物は二人に襲いかかってきた。三つの顔がそれぞれ炎を吐く。持てる魔力と引き換えに本来の姿に戻ったユリアナは容赦なく二人を追い詰め、炎で焼き殺そうとした。もう魔力がないので、愛翔にも攻撃可能になったのだ。

「モルトはアイから離れるな！」

二人は両側へと飛び退《の》く。神獣であるモルトの消耗を怖れたが、モルトは頑健なままだった。

（きっと、ずっとセアと一緒だったからだ）

そのセアも、神殿で幼い祈りを捧げているのだ。魔力も及ばず、聖なる力をもった、幼いがゆえに神聖な祈りを。

「いや、モルトはイネスの側にいた方がいい。セアの力を受けている！　モルト！　イネスを守れ！」

さっき炎を噴くことができたのも、そのためだろう。

モルトは神速の速さで蛇の鎌首をすり抜け、イネスの側へと跳んだ。イネスこそ神官の力を失い、弱っている状態だ。

「俺にはこいつがある！」

飛びかかってきた蛇の首を跳び越え、愛翔は陰の剣を掲げる。

「共鳴したのか……」

イネスもまた、モルトの背で呟く。飛び下りて地面を踏みしめた愛翔は、剣を振り上げた。

「やーっ！」

うねる禍々しい首に刃を振り下ろす。手応えはあった。だが血は飛び散らず、斬られた頭がごろんと堕ちたそばから、新しい頭が生えてきた。

「なに！」

「そのような若い剣など、妾の敵ではないわ」

新しい首が、ちろちろと舌を出しながら、愛翔を嘲《あざけ》る。

（あの首を斬るだけでも、共鳴力が高いあかしなのに……）

イネスは驚きの中で、ある決心をする。首がないのは背後だけだ。後ろを見ることはできるかもしれないが、振り返る分、時間は遅れるはず……！

二人は蠢く鎌首をかいくぐり、防戦一方となってしまった。

（首を落としても再生する。身体を斬りつけてもそれほどの痛手にはならない……どうすればいいんだ）

唇を嚙みしめた愛翔の目の前で、イネスはモルトから飛び降り、化け物の前に単身躍り出た。

「俺がこうしている間に、おまえはあっちへ行け！」

指を立て、背後を示す。神官力を失い丸腰状態のイネスは、自ら囮《おとり》になろうというのだ。

「イネス！」

なんて無茶なことを！　だが考えている時間はなかった。愛翔は決死の思いで化け物の背後に回り込む。

「自分から身を晒《さら》すなど、逃げることを諦めたか！」

（イネス……！）

身を引きちぎられるような思いで化け物の声を聞いた時、イネスの耳を掠《かす》めた声があった。

『あいつの急所は尻尾《しっぽ》の先だ。そこを剣で突け！』

それは父親、聖樹の声だった。

家族を置いて、ふらふらと放浪していた父。もう何年も顔を見ていない。

それなのになんで今？　どうして？　だが、考えるのはあとだ！　今の愛翔はどのような情報も無駄にできない状態だった。

尻尾はぐるぐると下向きにとぐろを巻いていた。最も下に、その先が見え隠れする。急所を守っているのだろう。

愛翔は剣を頭の上に振りかざした。

「行くぞーっ！」

見え隠れするタイミングを捉え、愛翔は尻尾の先に剣を突き立てる。その刹那《せつな》、化け物は断末魔の叫びを上げた。

「ぐわあああああ……――――――っ……」

この瞬間こそが、私欲のために陽の剣を奪い、セルジオールを苦しめてきた魔女、イネスに執着を示してきた魔女、ユリアナの最期だった。

黒い塵が愛翔の周りを舞う。終わった？　終わったのか――？

「アイ！」

剣を提げたまま、肩で息をしていた愛翔は、イネスに抱きしめられていた。モルトも嬉しそうに、子犬のように二人の周りを跳ね回っている。

「終わったな」

「ほんとに……？」

「終わったのだ。おまえがユリアナを、魔界を滅ぼしたのだ」

イネスにくちづけられ、愛翔は我を取り戻す。抱きしめ返して、深いキスで応えた。

「陰の剣の使い手……アイト！」

愛翔はイネスに抱き上げられていた。イネスは誇らしげに、昇ってきた太陽に向かって叫ぶ。アラント山で太陽を見ることができるこの瞬間まで、実に気が遠くなるほどの年月が過ぎていたのだ。

「お、おい、下ろせよっ……おまえ、身体がまだ……」

「世界中に叫んでいるのだ。私の魂の番は、陰の剣の使い手となったのだ!」

「イネスってば……っ!」

じゃれ合うような二人の姿を、モルトが尾を振りながら見守っていた。

6

「青空だ」

イネスは眩《まぶ》しそうに空を見上げた。雨が上がり、晴れ渡った空からは、日射しがさんざめくように降り注いでいる。

アラント山をあとにした二人は、モルトの背に乗り、神殿へと向かっている。愛翔は自分よりも大きなイネスを、背中からしっかりと抱きしめていた。

「帰ったらすぐに陽の剣で祈りを捧げる」

嬉しそうに話すイネスを、愛翔はたしなめた。

「まずは休養だ。こんなに身体がやられてるじゃないか……」

愛翔はまだ生々しい傷痕にそっと触れる。黒い婚礼衣装を脱ぎ捨てたイネスは、愛翔のマントに包《くる》まれていた。正確にいうと包まりきれてはいなかったのだが。

「だが、早くおまえとともに陰の剣の儀式を行いたいのだ。それに、俺はそんなにヤワじゃない！」

イネスは終始嬉しそうだ。その顔を見ているだけで、愛翔の目から涙が零れた。

「アイ？」

「だって嬉しいんだ……もう、二度と会えないかと思っていたから」

「ごめんな」

イネスは愛翔の頭を抱え込んだ。髪に何度かキスされ、そしてまたぎゅっと抱き寄せられる。

「でも、おまえはきっとそうするだろうって、そういう気もしてたんだ。けど、行かせたくなかった」

「ああ……俺も、おまえを置いて城を出た時、心が引き裂かれてしまうのではないかと思った」

辛かった互いの胸の内を共有し、今、ここにある幸せを確かめる。もう何も、二人を引き離すものはないんだ。

しばし会話が途切れる。ややあって、愛翔は、ずっと気になっていたことを口にした。

「俺、イネスに謝らないといけないことがあったんだ。それが結局話せてなくて、一生、後悔するところだった」

「俺も同じだ。おまえに謝らなければいけないことがあったのに、言えないまま、魔界に向かってしまった」

二人は目を見合わせる。

「……どちらから話す？」

「アイに任せる」

イネスはいたずらっぽく片目を瞑る。こんな顔されたら、俺から切り出すしかないじゃないか。

「じゃあ、俺から……あのな、実は……」

愛翔は語り始める。イネスは極上の笑顔で耳を傾けている。

「実は、俺、子どもの頃にもこの世界に来たことがあったんだ。その時はひとりだった。いくつもいくつも曲がり角を曲がって、『助けて』っていう声が聞こえた。そこにはきれいな女の子がバラの蔓に囚《とら》われていて……」

「うん」

「俺を見て驚いていた。どうやってここへ来たの？　って。でも俺は上手く説明できなくて、ちょうど持ってたカッターナイフ……向こうの世界の、学校で使う道具なんだけど、それでバラの蔓を切ったんだ。そしたら、女の子は『ありがとう』って言って唇にキスしてくれた。俺のファーストキスだよ。女の子はまた助けに来てね、って言って、俺のことを『小さな勇者さん』って呼んで、どこかへ消えて……俺の初恋だよ。それからずっと、またあの子に会いたいってことばかり考えてた」

「俺はあの頃、魔女の目を避けるために女の子の格好をして、口調や振る舞いも女の子のようにしていた。それでも結局、囚われてしまったけれど、どこからか現れた少年の持っていた武器が、小さいのにすごくて、心から感心していた」

「……イネス」

さらっと言葉を挟んだイネスの目を、愛翔は驚いて見つめる。

「じゃあ、おまえ、覚えていて……」

「いや、正確には、異世界から来たおまえとセアに魔力が効かないと知った時に気がついたのだ。あれはきっと、小さな愛翔だったに違いないと」

「ううっ……」

愛翔は拳《こぶし》を握りしめて呻《うめ》いた。そしてぱっと顔を上げる。

「俺は……どんなに、どんなにおまえが覚えていないことが哀しかったか！」

訴える愛翔を、イネスは「ごめんな」とあやすように抱きしめる。だが、ここで引き下がってなるものか。

「俺は……あれは女の子だったとずっと信じていて、でも、ユリアナに捕まった時にあれはイネスだったと知って……初恋だったんだぞ！　ずっと、ずっとあの子が心の支えで、大人になってからも……それなのにおまえは覚えていなくて……っ」

「では、なぜ私にそう言わなかった？」

　ちょっと意地悪な問いだ。愛翔は半分膨れて、そっぽを向いた。

「そんなの……おまえが俺の初恋でしたなんて、そうそう言えるかよっ！　それに、前にこの世界に来たことがあると言ったら、やっぱり運命だと言って、元の世界に帰してくれなくなると思って……」

「今は？」

　うー、イネスのやつ、調子に乗ってる……っ！

「い、今はそんなの、戻りたくないに決まってるだろっ。知ってるくせに言わせるな……っ？」

　愛翔の語尾はイネスの唇に塞がれていた。唇を軽く吸うキス。愛翔の好きなキスだ。まるでご機嫌をとるような。

「何度でも聞きたいのだ」

　したり顔のイネスに、今度は愛翔が反撃する番だった。

「だったら、なんでイネスは思い出したことを黙ってたんだよ？」

「おまえと同じだ。初恋をその相手に対して告白するのは気恥ずかしかった」

「えっ？」

愛翔は目をしばたたかせる。耳を疑う。

「それに、運命で縛りつけたら、アイはますます拒否するだろうと思ったのだ。おまえの意志で、ここに残って俺の番になってほしかった」

「イネス……」

「強引におまえを抱いて、うなじを噛むことも、やろうと思えばできた。だが、そうするとおまえは俺を許してくれなくなるだろう？　それに、俺は愛し合っておまえのうなじを噛みたかった……俺は、世界一不幸な男になりたくなかった」

「今は？」

目に熱いものが込み上げる。その目のままに、愛翔はイネスに問うた。

「俺は、世界一幸福な男だ！」

モルトの背の上、二人は強く抱きしめ合った。心なしか、モルトの駆ける速さが、ゆるやかになる。

「イネス……イネス！」

「アイ……」

名前を呼び合ってキスをして、名前を呼んで、またキスをする。そんなことを何度か繰り返し、広い胸に身体をあずけながら、愛翔はうわごとのように呟いた。

「イネス……身体が熱い。早くおまえに鎮めてほしい……おまえとひとつになりたい……」

「先に言われてしまったな」

そう言って、イネスは再び愛翔の唇を奪った。


「アイちゃ、ネシュー！　モウトー！」

神殿に戻ると、セアが走って出迎えてくれた。

「わーん！」

泣きながらみんなに抱きつき、頭を撫でられたり、頬にキスされたり、抱きしめられたり。そしてモルトにくんくん鳴かれたりして、セアはもっと大きな声で泣きだしてしまった。

不安だっただろう。

みんないなくて、淋しかっただろう。

イネスはセアを抱き上げてぎゅっと抱きしめ、頬をくっつけた。

「がんばって、陽の剣を扱ってくれたのだろう……空が晴れ上がって、ああ、セアがやってくれたのだとわかった。本当にありがとう」

「いっぱい、いっぱい、ちた」

お祈りをしたのだと言っているのだろう。愛翔はぐるぐるとセアの髪を撫でた。

「うん、うん、えらいぞ。ほんとにえらい。がんばったな」

「えへ」

たくさん褒められ、労《ねぎら》われて、セアは笑顔になり、安心したのだろう。モルトに寄りかかってこてんと眠ってしまった。

「モルト、セアを寝かせてやってくれるか？　おまえも一緒に休んでくるといい」

イネスに頼まれ、モルトは角を振り上げ、セアを背に、神殿を出ていった。魔界まで駆け、戦いの場で跳躍し、炎を噴いて、そしてまた神殿へ戻り……モルトも大活躍だったのだ。

「モルトはもうすっかり、セアの神獣だな」

モルトとセアを見送りながら、イネスは笑う。そして急に真面目《まじめ》な顔をした。

「私は、真剣にセアを私の後継者に育てたいと思っている。もちろん本人の意向ありきだが……兄上としては如何《いかが》に考える？」

突然改まって訊ねられ、愛翔は驚いたが、やがて居住まいを正してイネスに向き合った。

「セアがやると言うなら――よろしく頼む」

そうして、愛翔はほっと息をつく。

「俺はもうこの世界に留まるつもりだったけれど、連れてきてしまったセアをどうすればいいか悩んでいた。まだ二歳だ。自分のことを決められる年じゃない。自分で決めるには、もう少し時間がかかると思う。でも、あいつが一緒にここへ来たのは必然だったような気がしていたんだ」

「セアには間違いなく神官の力が備わっている。それも、計り知れないほどの」

イネスは静かな口調で答えた。

「見守らせてくれ。その力を。陽の剣が戻ったからには、今までのようにセアに負担をかけることはないだろう。まずはここで、アイと私とモルトが見守る中で、伸び伸びと成長してほしいと思っている」

愛翔に異存はない。深くうなずいた。

「陰の剣を納める前に、まずはおまえの傷の手当てだ。早くしないと……」

急ごうとする愛翔の手首を、イネスは押さえた。

「二つの剣を納めるまでに、陰の剣の使い手に手伝ってもらいたいことがある」

祭壇の前、立てかけてあった陽の剣を取ると、その場でイネスは愛翔のマントをはらりと脱ぎ、全裸になった。そうして、剣を両手で捧げ持つ。

「私の前にひざまずき、陰の剣を下から掲げてくれ」

正直、イネスの裸体にはうずうずと身体が熱くなってしまう。だが、何が始まるのだろうと不思議に思いながら言われた通りにすると、身体の熱は引いていき、とても厳かな気分が訪れた。これは――儀式だ。

イネスは詠唱を口にする。二つの剣の間に、陽炎《かげろう》のようなゆらめきが生まれ、やがてイネスの身体を柔らかく包み込んだ。

「……」

愛翔は声もなく見つめていた。痛ましかった、あの全身の引きつれた火傷のような痕が、見る間に消えていくのだ。

やがて詠唱は止み、イネスは陽の剣を鞘に納めた。愛翔も同じように剣をしまい、二人で祭壇に立てかける。周りで優しく揺れていたろうそくの炎が、一瞬、ボッと強くなった。

神官の衣装を羽織るように身にまとい、イネスは祭壇の真正面に立つ。愛翔もその隣に立った。

「やっと、あるべき場所に戻ってきた……」

イネスの声は感動で震えていた。

「アイと、セアがいてくれたからだ」

愛翔はその神々しさをじっと見つめていた。陰の剣は質実剛健で装飾もない剣だが、こうして並んでいるのを見ると、陽の剣の輝きを受けて、落ちついた光に包まれていた。

「なんて美しいんだろう――」

知らず、声に出していた。二本並んでこその神聖さ、美しさに見蕩《みと》れずにいられない。

「陽の剣の使命は『再生』だ。だが、陰の剣のもつ、包み込み、支える力があってこそ輝くのだ」

そしてイネスは愛翔をまっすぐに見た。

「私たちもそうなれるだろうか」

愛翔はイネスを見つめ返してうなずく。

「俺は、こんなふうに誰かに、何かに必要とされることが初めてだった。セアを育てていたけれど、誰かにそう言ってもらいたくて、誰かの必要になりたくて……だから、ありがとう。俺を召喚してくれて。その……最初は抵抗して悪かった……」

「えらく殊勝だな」

答えた声に「俺モード」が潜んでいる。愛翔の背を、ぞくっと何かが駆け上がっていった。

「俺こそ、魂の番なのに、強く惹《ひ》かれるものがないなどと言って悪かった。ずっと前に、子どもの頃に惹かれ合っていたのにな……」

「なんたって、俺の初恋だからな」

笑って答えると、紫の瞳に柔らかく見つめられる。

「俺だってそうだ」

ふふ、と笑って、イネスは愛翔の手を取る。指を絡め合ってつなぎ直す。

「身を清めに行こう。傷は治ったが、二人とも埃《ほこり》まみれだ」

愛翔の心臓は、ドクン、と大きく鳴った。


イネスに連れられて入った湯殿は、城内の庭の奥にあった。細かいタイルで埋め尽くされた、芸術的ともいえる空間で、タイルひとつひとつが色を連ね、不思議な紋様を描き出している。

（城の中に、こんな場所があったなんて……）

ずっと見入っていられるような、それは見事なものだった。

だが、イネスはそんな時間など与えてくれない。愛翔の前で、緩く身につけていた神官の衣装を解いていく。現れる逞しい裸体。神官服をまとっている時はしなやかに感じるのに、脱ぐと本当に——彫刻のような筋肉を見せつけられるのだ。

愛翔がぼうっとイネスの身体に見蕩れていると、イネスは愛翔の衣服を解き始めた。腰に巻いていた布を解かれ、愛翔ははっと我に返る。

「そ、そんな、自分でできるよっ」

「前はやらせてくれたではないか」

イネスはかまわず手を動かし続ける。

「あ、あれは、俺が発情してたから……あ、やぁ——それに、身を、清めにきたんじゃ……」

「そんな可愛い声を出しておきながら、よく言う」

見透かされていた。こうなることを望んでいた。だが、恥ずかしくて素直になれない。

「先ほど言ったことをもう忘れたか？」

——イネス……身体が熱い。早くおまえに鎮めてほしい……おまえとひとつになりたい……。

「わあああっ！」

「今のは淫らさが感じられぬな」

何を冷静に分析してるんだ！　言い返そうとした。だが、できなかった。

イネスは愛翔の乳首を摘《つ》まんでいた。笑ってもう一度、親指の腹で乳首をくにっと潰《つぶ》す。とたんに、腰から下に鈍い電流が走ったかのように感じたのだ。

「あ、う、なに、今の……」

捩《よじ》った身から下半身の衣服がするっと落ちて、愛翔はイネスに抱き上げられ、そのまま湯が張られた、タイル貼《ば》りの丸い浴槽へと入った……が、下に下ろされることはなく、イネスの膝に抱かれたままだ。

「イネス……」

さっき乳首に触られた時にスイッチが入ってしまった……愛翔はイネスの身体に寄りかかる。彼と肌を合わせていたくてたまらなかった。

「そんなにくっつくと、やめられないぞ？　もう一度、可愛い声を聞かせてくれ」

耳元で囁かれ、新たなスイッチが入ってしまうが、愛翔は反抗した。

「かわいく、なんか……ない……っ」

「おまえは本当に自分がわかっていないな、アイ」

語尾は愛翔の唇の中で溶ける。舌を絡ませ合う濃密なキス。その間も、イネスは愛翔の乳首を捏《こ》ねることをやめなかった。捏ねるだけでなく、親指とひとさし指で扱《しご》いたり、軽く抓《つね》ったりする。

「なんだよ……なんで、そこ、ばっか……」

「触ってみたかったのだ。アイのここを可愛がったら、アイがどうなるか……」

「しゅみ、わるい……っ、おとこの、ちくび、なんて……っ、あ、だめ、りょうほう、だめだ……っ」

悪態をついてもイネスには通用しない。全て「可愛い」で片づけられる。それに、悔しいけど、恥ずかしいけど、二つの乳首を可愛がられると、気持ちよくてたまらない……！

「おまえの全ては俺のものだから……おまえが気持ちよくなれば、俺は興奮する。そうなるほど、ひとつになった時の悦びは壮絶だ。違うか？　深く、深く愛し合える……好きだよ、アイ、愛してる……」

「ん、んんっ……ふ」

激しくキスをしながら、愛翔は自ら胸を突き出していた。二人の身体が動くたびに、まわりに小さな波が立つ。その波にさえ身体をまさぐられているようで、愛翔は息を継いで、くったりとイネスに身をあずけた。腰を突き出した体勢が、イネスをより煽ることになるとも知らずに。

「そんなに、したら……そんなこと、いったら……ますます、はつじょ、う、しちゃうじゃないか……」

これ以上ないくらいに、愛翔は真っ赤になっていた。イネスは一瞬、目を瞠り、そしてキスしながら愛翔の秘所を探った。

そこにはとろりとしたあの液があふれ、湯の間に漂っていた。指で掬《すく》い、イネスは愛翔の目の前で指を舐《な》めてみせる。

「本当だ」

「なんてこと、するんだよ……っ」

「愛翔が発情していることを確かめたかった」

さらりと言ってのけて、片方の指を秘所に潜り込ませて液をかきまぜ、もう片方の指は乳首に刺激を与え続ける。

「は……きもち、い……」

悔しいけれど快感に抗えず、愛翔は素直になる。それでいい、とイネスは愛翔の額にキスをした。

「ん……くちびるに、して……」

言いながら、愛翔は自分でイネスの唇を奪った。

「ん、は……」

胸と秘所の刺激に加え、唇でも互いの好きなところを貪る。

「アイがそんなことするから、ほら……」

イネスが指し示した先では、互いに芯をもち、勃ちあがった雄同士が擦れ合っていた。イネスの雄の猛々しさに比べると、自分のものはなんて細くて頼りないんだろう。これでも、はちきれそうなほどに張り詰めているのに。

「あ、ん……もっと……」

だが、そのいやらしいさまを見て、愛翔の欲情はさらに高まる。

「どこを？」

イネスの訊ね方はちょっと意地悪だ。思いながらも、イネスのくれる快感がもっと欲しくて……。

「あ……あ、ぜ、んぶ……」

唇も、乳首も、うしろも……選ぶことなんかできない。

とたんに押し寄せた三カ所からの快感。舌を吸われながら乳首を押し潰され、長くしなやかな指が根元まで差し込まれた。乳首は焼け切れそうだし、舌は吸われる痛みが快感を連れてくる。そしてうしろは、イネスの指を離すまいと、なかがうねうねとしているのがわかる……。

「ああ……っ！　イネス……っ」

その全てが限界を超え、愛翔は身を仰《の》け反《ぞ》らせて達した。足の指の先までも硬直している。達しても、イネスは三カ所を封じたまま……。

「アイ？」

愛翔がぐったりしたままなので、イネスは腕から落ちそうになっていた身体を抱き直した。

「だいじょ……ぶ」

弱々しく答える。

「ちょっと、いろいろ……すごかった、だけ」

「乳首が大変なことになっている」

示されたそこは、花のつぼみのようにぷっくりと真っ赤になっていた。

「そこだけじゃないよ……」

うしろは今もイネスの指を離そうとせず、もどかしい収縮を続けているし、舌には甘やかな痛みが残っている。だが、確かに乳首の変化はすごかった。

「俺、今まで男の乳首なんて、なんのためについてるんだろうとしか思ってなかった……」

それがこんなに――浅い息をつきながら言うと、イネスは真面目な顔で答えた。

「何を言う。男性オメガの乳首は、番に可愛がられるために存在しているのだ」

愛翔は真っ赤になる。そんなふうに大真面目に言われたら、却《かえ》って恥ずかしさが増すのだ。

「イネス……そういうこと、マジな顔で言うなよっ」

「『マジ』とはなんだ？」

「真面目ってことだよっ」

「なぜ真面目に言ってはならないのだ？　陰の剣の使い手が、こんなに淫らな乳首をしていることなど、私しか知らない。素晴らしいことだ。言葉にせずにはいられない。言葉には魂が宿る。愛翔の可愛らしさが、より確かなものになるのだ」

「だっ、だからそういうことをだよ……っ」

「なぜ？」

「なぜって……」

二度も正面から言われて、答えようがない。当のイネスは「乳首もよいが」と話を変えてきた。

「ここが、とても淫らなことになっている」

それは擦れ合っている二人の雄だった。愛翔の精液が、イネスの先端を濡らしているのだ。

「……っ！」

またまた愛翔は言葉を失ってしまう。なんてやらしいことをしてるんだ、俺たちは……。

一瞬、我に返ってしまった。

「アイの精液を浴びて、私の雄が悦んでいる。もっと、悦ばせてくれ……」

だが、さっきまでの涼やかな顔から、急に男の目、獲物を欲しがる獣のような目に変わり、愛翔はぞくっとするのを止められなくなる。

どうやって？　と訊ねようとして、愛翔はふと思った。

気持ちいいけど、すごく気持ちいいけど、可愛がられてばかりじゃいられない！

愛翔は自分から脚を開き、襞が絡みついていたイネスの指を引き抜いた。

「俺のを浴びたまま、来いよ……俺がここで悦ばせてやる」

イネスは目を瞠り、そして不敵に笑った。

「我が番は本当に淫らだな……そのような誘い方、いつ覚えた？」

「今」

愛翔も負けじと不遜《ふそん》に笑う。

「おまえにいろいろされて、負けてられないと思った」

その時、イネスが笑いをかみ殺したことに、愛翔は気づかなかった。ただ、「ん？」と思っただけだった。

「変な顔してないで早く来いよ……」

「ああ、では俺も手加減はせぬ」

イネスの俺モードが発動された。不遜な笑みに愛翔の背中が粟立《あわだ》つ。で、でもちょっと待って！　手加減ってなに？　じゃあ今までは手加減してたってこと？

問う間もなく、イネスは愛翔を膝の上で抱き直し、自らの雄で突き刺してきた。

「ああ――――っ」

目の前に光の点が飛ぶ。一瞬、意識を飛ばしかけて、愛翔は懸命に自分を保った。

最初はゆっくり、焦《じ》らすように入ってくると思っていたのに。だから、締めつけてもっと焦らしてやろうと思っていたのに……。

「アイ……少し緩めてくれ」

だが、イネスは辛そうな顔をしていた。眉根を寄せて耐えているその顔も、男の色気全開で、とても艶っぽい。

「ん……？」

ああ、いきなり奥まで届いている。そんなになかでぴくぴくさせないでくれ。きもち、よすぎて……。

ふわふわしながら答えると、イネスは言い募った。

「おまえに締められて、暴発しそうだ……でなければ引きちぎられる。お願いだ、アイ、少し動かさせてくれ、息を吐いて……」

言われた通りに息を吐くと、ふっとなかが緩み、すかさず揺すり上げられた。そのまま前後され、愛翔はイネスを離すまいと、またなかが絞られていくのを感じていた。

「また、締まる……きつい……」

愛翔はイネスにきつく抱きしめられた。そんなことされたら、また締めてしまうのに……っ。

「イネス、だめ……コントロール、できないんだ……なかが、勝手に……」

「わかった、おまえのすごさはわかったよ。悦びすぎて、俺のはもう、暴発しそうだ」

「ん、あ、やぁ……っ！　イネスのが、ぴくぴくして……っ」

ぴくぴくされると、ものすごく気持ちいい場所がある。でもそれがなんなのかわからなくてもどかしい。

「大きくなっているのだ……これ以上は、もう……アイっ！」

イネスが大きく声を上げたと同時に、なかで弾《はじ》けた感があって、あたたかな液が愛翔の最奥を濡らすのを感じた。イネスはつながったままで愛翔を抱き上げて立ち上がった。湯が、ザバンと跳ね上がる。

「や、なに……っ」

愛翔は荒々しくタイルの上に横たえられた。いったん抜けたそこが心許《こころもと》なくて、イネスを呼ぶ。

「やだ……っ、抜いたら……」

イネスは愛翔の膝裏を押さえ、一気に挿入してきた。射精していたために、滑りがよくなったのだろう。イネスは愛翔の腰を摑んで激しく突いてくる。

「アイ……っ」

つながったところから、イネスが動くたびに、愛翔の発情の液とイネスの種が混ざり合って音を立てる。じゅぷっ――音に煽られて、二人は無我夢中で求め合う。

もう、イネスがまた達したのか、どうなのかわからない。自分の番を愛するがゆえの体液も、果てがないように思える。なかが潤って、あふれていくイネスの種が愛おしくてたまらない。

オメガは、アルファの種を零さないようにプログラミングされているのか？　それはあとで思ったことだけれど、愛翔はイネスの種を留めたかった。

イネスが天を仰ぐ。あああっ――その顔、その角度、なんて悩ましいんだ。俺がそんな顔をさせているのか？

ああ――。

「アイ、今日の俺はおかしい。おまえが愛しくて、離したくなくて、止まらないんだ」

イネスが声を詰まらせる。愛翔は揺さぶられながら上半身を起こして、イネスの唇にキスをする。

「いい……変になってもいい……ぜんぶ、うけとめる、から……おまえのを、ぜんぶ、ほしい、から……」

この気持ち――なんだろう。幸せで、それなのにもっと幸せを望んでる。なんでもいい、言葉にしたい。どうか俺の言葉に魂が宿るように。

「イネス、俺、おまえの子どもを、産み、たい……！」

一生、口にすることなどないはずだった。

だが、この世界に来てイネスと出会ったから、番になったから。もうベータになりたいなんて思わない。俺は、おまえの番だ。おまえのオメガだから――。

「アイ、アイ……」

イネス、どうしてそんなに泣きそうな顔をする……？　愛翔はイネスの顔に手を伸ばす。もっと触れたいから、もっと、もっと。

「受け止めてくれ、アイ……っ」

より激しく、最奥に叩きつけられるイネスの種……愛翔はイネスの腰に脚を絡めて締めた。倒れ込んでくる、自分よりも大きな身体を全身で受け止めて。

「イネスのものは、なんでも俺のものだ……」

笑ったらくちづけられて、気が遠くなる。ふわふわして気持ちがいい。強く抱きしめられ、耳元で囁かれる。

「いつか、きっとそんな日が来る」

「うん、きっと……」

まぶたが落ちてきたけれど、愛翔は答えていた。発した言葉に魂がこもるようにと。

そう、いつかきっと、おまえの——。

エピローグ

いつかきっと。

その日は、思ったよりも早く訪れた。

アラント山での戦いから戻ったあの夜。あの日の交わりで、愛翔はイネスの子を授かったのだ。

そして今、眠る我が子を腕に抱き、寝台の上に起き上がった愛翔は、これ以上ないくらいの幸福感に包まれていた。セルジオールに召喚された頃、きつかったまなざしは、温かみのあるものへと変わっていた。肩近くまで伸びた黒い髪が、優しく揺れている。

生まれた子は男の子で、イネス譲りの銀色の髪と、不思議な紫色の目をしていた。だが、その目はイネスよりも黒みがかっていて、それは愛翔の血から来ているのかもしれない。

イネスそっくりの息子——愛翔の幸福感は、息子の顔を見るたびに増していく。イネスは愛翔に似た子がいいと言っていたが、生まれた子の顔を見て、自分によく似ていることに驚いていた。そして、涙ぐんでいた。

「アイ、ありがとう……」

声を詰まらせたイネスにくちづけられた時の感動を、愛翔は一生忘れることはないだろう。

二人の子どもは、シリスと名づけられた。外見が似ているだけでなく、きっと神官の力ももっているに違いない。そして、間違いなくアルファだろう。

「俺も父親になったのだから、ますますがんばらねばな」

「もうしっかり立派なのに、これ以上？」

愛翔が笑うと、イネスは腕組みをして不遜な顔をした。

「そうだ、この子に愛され、尊敬してもらえるような男になりたいのだ。背中で己を見せねば」

そういうイネスは、陽の剣を取り戻してからというもの、愛翔という陰の剣の使い手を得たこともあり、一度は失った神官の力は増大し、世界の均衡を安寧に保っている。

洪水での被害は大きなものだったが、復興に向けての、王としての指揮も素晴らしいものだった。民もまた、魔界が一夜のうちに消滅したことで、安心して暮らせるようになった。愛翔もイネスとともに、陰の剣の使い手として、神官王の番として、まつりごとにも参加してきたのだが、今はとにかくシリスの子育てだ。

「私が務めを休んで、シリスを育てるというのはどうだ？」

　イネスは昨日も言ったことをまた言い出した。

「セアはしっかりと私の代理も務められるし、まつりごとは愛翔に才があるから安心だ」

　そう、愛翔は大学で経営学部だったのだが、その知識が思いのほか、まつりごとに役に立ったのだった。

「昨日も言っただろ？　セアは短い間ならできるけど、長い時間はまだ無理だし、俺はシリスを背負ってでも議会に出るよ。なんてったって、おんぶは慣れてるんだから」

「そうか……？」

　ここでしゅんとするイネスが可愛い。彼を可愛いと思う日が来るとは思わなかった。

「だから、二人で子育てするんだ。心配しなくても、俺はシリスを独り占めしたりしないから」

「ちりーしゃん！」

　イネスがなんとか納得したところへ、モルトを従えたセアがやって来た。

　背が少し伸びて、もう誰もセアを「赤子よ」と言う者はいなくなった。それどころか、幼き神官に、皆が敬意を払っている。セアは三歳にして、セルジオール七神官に名を連ねることになったのだった。可愛い声と口調で詠唱を唱えるセアの姿は、今や神殿中の癒やしである。モルトも、すっかり自分の主人はセアだと思っているようだった。

「はい、きょうのおはな！」

シリスが生まれてから数日、セアは毎日、新しい花を摘んできてくれる。赤ちゃんに「プデデント」だと言って。

「ありがとうな、セア」

イネスが、シリスの寝台からよく見える窓際に花を活ける。それだけで、部屋はまた幸せに包まれるのだ。

「そういえば、セアはシリスの叔父《おじ》さんになるのかな？」

部屋を出ていくセアを見送り、息子の銀の髪に触れながら、愛翔は言う。

「そうだな、ずいぶん小さな叔父上だが、神官の力は計り知れぬ。セアの血筋に、そういう力をもった者はいたのか？」

「いや……母親は恋がないと生きていけなかったけど、普通のオメガだったし、親父は自称、旅するもの書きだったけれど、いったい何をしてたんだか、バースはなんだったのかも知らない」

愛翔は、自分の生い立ちをイネスにすうっと話せるようになっていた。それもまた、イネスという居場所を得たからだろう。

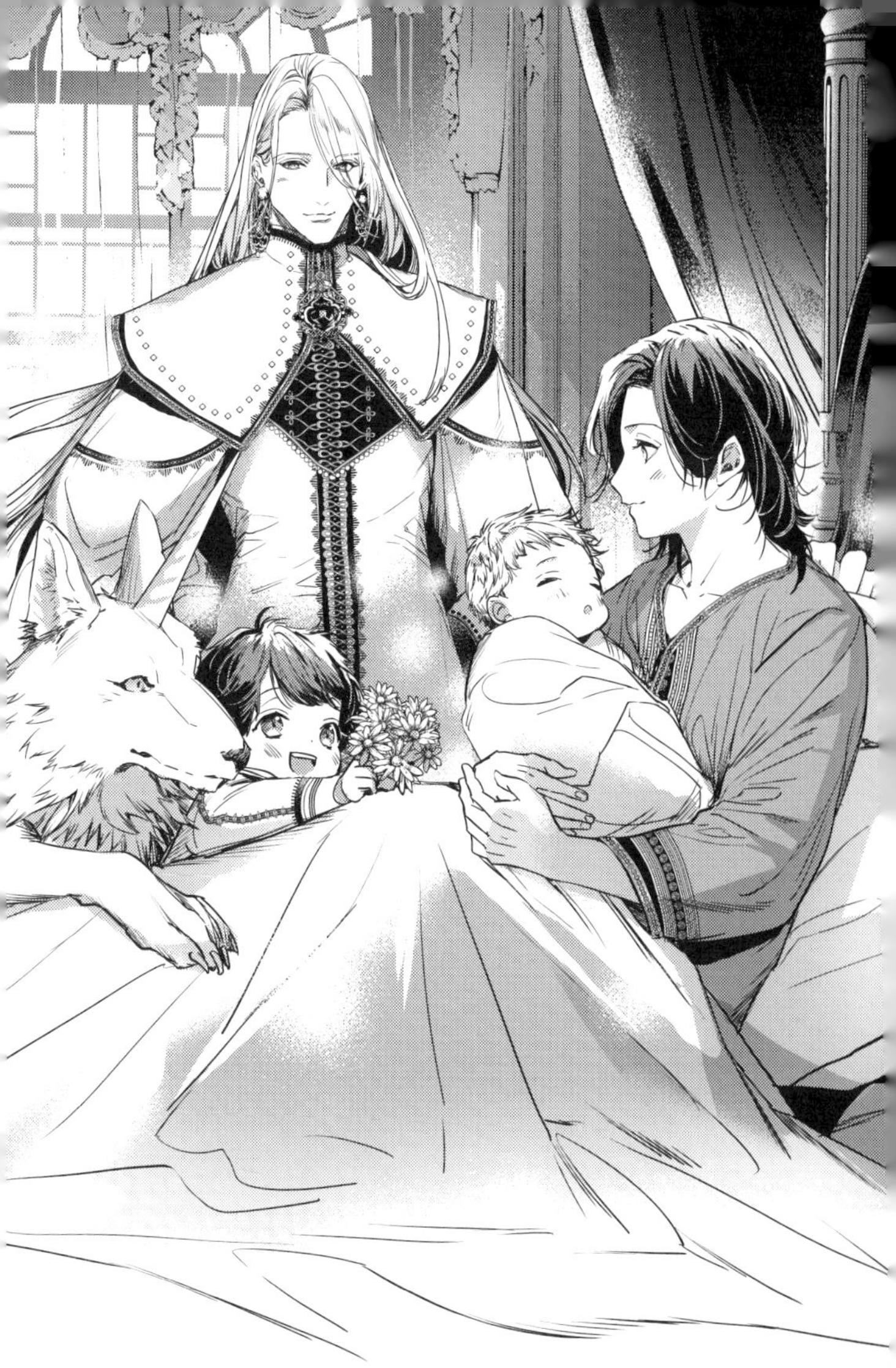

「不思議な父上だな」

「あっ、そうだ、親父にとって、シリスは孫じゃないか！　さすがのあいつも驚くだろうな。異世界に自分の孫がいるなんて知ったら」

愛翔は笑った。だが、次に出たのはため息だった。

「どうした？」

「ううん……今度出会ったら、よう、おじいちゃん！　って言ってやろうと思ったんだけど、さすがに異世界じゃ無理だろうと思ってさ……そうしたら、変なの。急に淋しくなったんだ」

イネスはしばらく考え込んでいたが、不意に過去の話を持ち出した。

「なあ、アイ。化け物を倒した時、おまえ、父親の声が聞こえたと言っていたな。父親が化け物の急所を教えてくれたのだと。そして、セアが生まれた時、母親は神々しい光に包まれたのだと」

「あっ、ああ、そうだけど……」

その二つがどうして今出てくるのか。不思議に思いながらも愛翔は答える。

「親父の声なんて、最後に聞いたのがいつだったか思い出せないくらいなのに、あれははっきり親父の声だってわかったんだ。それが不思議でたまらなかった。そしてセアを産んだジュンも、霊感とかこれっぽっちもないやつだったから、なに言ってんだよって……」

「稀《まれ》に、神官力の非常に強い子どもが生まれる時、光に包まれることがあるのだそうだ。だから、セアは類《たぐ》い希《まれ》なる力をもっているのだと思っていたのだが、問題はその父親だ」

「父親？」

「両親のどちらかが並外れた神官力をもっていなければ、子が光に包まれることはない。『旅人』もまた、生まれた時には光に包まれたのだそうだ。それゆえに、野心をもって道を踏み外してしまったのだが……」

「それって、もしかして……」

「アイには受け継がれなかったようだがな。そして『旅人』は時空を超えることができる。どこかで、二人の息子のことを見守っていたのだとしたら……？」

「ええっ！」

「ちなみに、古文書にある『旅人』の名を、やっと解析することができたのだが、『スオー』という名だったそうだ」

「スオー？」


もしかして、もしかして――。

真偽はまだ定かではないけれど、とにかく。

俺とセアは幸せにやってるよ！

END

あとがき

ラルーナ文庫さまでは三冊目の本となりました。本書を手に取っていただき、ありがとうございます。墨谷佐和です。

今回もオメガバースを書かせていただきました。しかし今回は華やかな王宮ではなく、異世界です。しかも魔族との戦い。こう書くと殺伐としていますが、物語の中心は魂の番のオメガとアルファなので、ちゃんとラブストーリーに仕上がりました！（と思います）バラ園とか聖愛ちゃんとか、放浪癖のある父親とか、最初に伏線を張りまくり、回収していくのは楽しかったです。特に勝ち気なオメガというのはオメガバースでは初めての設定で新鮮でした。そして私はちびちゃんに物語のカギを握らせるのが好きなようです。聖なる赤子（二歳なのに）聖愛ちゃん大活躍でした。

今はこうして元気にあとがきを書いておりますが、実はプロットがまとまらず、もう無理だと投げ出しそうになっていたのでした……。そうして追い詰められて最後に行き着いたのは、自分の好きな伝承要素をがっつり乗せようということでした。陽の剣と陰の剣、そして「旅人」。その中でどうしても外したくなかったのは、オメガが幼い弟をおぶって異世界に跳ぶという姿。最初にぱっと閃《ひらめ》いた図だったのです。こうして、セルジオールは魔族を滅ぼすことができました。もちろんイネスと愛翔も結ばれて、シリスも生まれてハッピーエンド！　ラストの一文が私なりに気に入っております。

イラストは北沢きょう先生が担当してくださいました。キャララフを拝見して、カバーラフを拝見して、再現してくださった美しい世界観に、「よし、この物語は間違ってない！」と思いました。カバーにはモルトも入れていただいて本当に嬉しかったです。北沢先生、ありがとうございました。そして担当様、プロットを諦めずに待ってくださってありがとうございました。心から感謝しております。

最後になりましたが読者さま。異世界オメガバース、楽しんでいただけましたでしょうか。どうぞ心も身体も健やかにいらしてください。また次の本でお会いできますように。

木々の葉が色づく頃に　　墨谷 佐和

本作品は書き下ろしです。

ラルーナ文庫

この本を読んでのご意見・ご感想・ファンレターなどお待ちしております。〒110−0015 東京都台東区東上野3−30−1 東上野ビル7階 株式会社シーラボ「ラルーナ文庫編集部」気付でお送りください。

発情《はつじょう》したくないオメガと異《い》界《かい》の神《しん》官《かん》王《おう》

2023年2月7日　第1刷発行

著　　者｜墨谷《すみたに》 佐和《さわ》

装丁・DTP｜萩原 七唱

発 行 人｜曺 仁警

発 行 所｜株式会社 シーラボ
〒110-0015　東京都台東区東上野 3-30-1　東上野ビル7階
電話　03-5830-3474／FAX　03-5830-3574
http://lalunabunko.com

発 売 元｜株式会社 三交社（共同出版社・流通責任出版社）
〒110-0015　東京都台東区東上野 1-7-15
ヒューリック東上野一丁目ビル 3 階
電話　03-5826-4424／FAX　03-5826-4425

印刷・製本｜中央精版印刷株式会社

ISBN978-4-8155-3278-9